我的厦门

吴尔芬 著

团结出版社

图书在版编目（CIP）数据

我的厦门 / 吴尔芬著. -- 北京：团结出版社，
2017.12

ISBN 978-7-5126-5912-4

Ⅰ．①我… Ⅱ．①吴… Ⅲ．①中篇小说－小说集－中
国－当代②短篇小说－小说集－中国－当代 Ⅳ．
①I247.7

中国版本图书馆CIP数据核字(2017)第314244号

出　　版	团结出版社	
	（北京市东城区东皇城根南街84号　邮编：100006）	
电　　话	（010）65228880　65244790	
网　　址	http://www.tjpress.com	
E-mail	65244790@163.com	
经　　销	全国新华书店	
印　　刷	成都新千年印制有限公司	
开　　本	150mm×220mm　　1/16	
印　　张	16	
字　　数	142千字	
版　　次	2017年12月　第1版	
印　　次	2020年6月　第2次印刷	
书　　号	978-7-5126-5912-4	
定　　价	56.00元	

目录

金　窖

我们蹇畲这地方小，说是困难时期那年全村只剩一只公鸡，也能一鸡啼而唤全村起。但蹇畲有三宝却是方圆十几里家喻户晓的，有歌谣为证：

> 上蹇李屋桥，
> 下蹇刘时耀，
> 火保家里存金窖。

我三岁流鼻涕时姐姐就教了我这首歌谣。读书后我妈常说，我们家没有金窖，发恨读书才能成为时耀叔那样的人。

我们祖上孤单漂泊到蹇畲时，蹇畲原是住着千户人家的李坑，李屋桥乃李氏所造。李屋桥横跨唯一的小溪，是交通要道，也是李氏烧香拜佛打醮所在地。我们那位祖上聪明，用黄纸写一"绝"字偷偷塞入中心一圆石下，而后安稳地住入村中，再娶一李姓姑娘为妻。渐渐地，刘家子孙一分为二二分为四越发人丁兴旺，李家最后留下这屋桥归刘家纳凉和一剃头鳏夫伺候刘家。李坑由此变为塞畲，李屋桥成为刘氏祖上聪明强大的象征。

刘时耀原先是地区教育局长，局长有多大知道吗？父亲见我们兄弟姐妹没一个人答得上来，比了个圆形的手势说，有知县那么大。父亲强调说，别说见过，我们塞畲连知县的屁都没人闻过。

刘时耀的大儿子初中一毕业就当上村支书，稍不留神就当了二十年，他家盖的大房子从根本上改变了塞畲的落后面貌。这么说吧，城里有的东西他家全有，会洗衣服煮饭的机器、壁柜大的音箱、打转的椅子、上锁链的狼狗。我父亲说，地主算个述，你时耀叔拨根毫毛也够三个地主上吊。我们塞畲村除了墙上的标语年年刷新，什么都破破烂烂的，刘时耀的大房子坐落在村中央就像一朵鲜花插在牛粪上，看上去十分委屈。局长是塞畲第一大官，现在离休在家被乡政府聘为顾问，重要的是，时耀叔还有两个儿子大学毕业在深圳工作。村里人都说去深圳根本不用戴斗笠，两边的楼房太高了，再大的太阳也晒不着。每至春节两个儿子齐齐回家过年，父子四人从村里唯一的小街走过，村人无不认同称刘时耀为塞翁一宝名副其实地地道道彻头彻尾。

至于刘火保家里存金窖的数量和来源，则众说纷纭莫衷一是。主要传说有三：

刘火保的祖父在一枕幽梦中，见一仙人飘然入室，告知：往后山金鸡岭石阶上数九九八十一级中间一块石头，掀开便有一金锅。刘火保祖父醒来即唤醒刘火保父亲点松脂连夜把金锅端回。另一传说是刘火保的父亲在困难时期从公社分到二两猪肉，回家途中把肉挂置树梢倒地而睡，等一觉醒来肉已被蚂蚁啃尽。多年不知肉味的蚂蚁为报答他，连成一线引他到一巨石下，他伸手摸出一金母鸡，再摸便陆续掏出十个金小鸡。这种金窖名为鸡携子。第三种传说是刘火保父亲莳田时遇倾盆大雨，奔跑到一草寮躲避。雨至傍晚不停，天擦黑忽见一罐灿烂生辉，挽袖抓出看，是死人骷髅，噌噌白光中纯金牙齿特别耀眼，逐个扳下正好二十个。

读了初中，语文老师吩咐写作文《谈理想》，我认为做人要么像刘时耀当官要么像刘火保家存金窖才有点意思，老师批了思想不健康我还是这么想。我每每告诉我同学，找我家容易，跟刘火保隔壁就是，我还叫他叔叔呢。当然，这层关系不好跟同学讲，以免炫耀之嫌。

我曾带着十分敬仰十二分的羡慕小心翼翼地问：

"火保叔，你家的金窖是什么？"

"哪里的事。"

不管谁问起金窖，他都这样微笑着回答。他眯着眼微笑总是高深莫测，他越是这样含糊不清大家对他的金窖越有兴趣。家存金窖的火保叔家里跟别人没有两样，吃喝穿着也不见突出。该他出的他不少一棵，不该他出的他不多一粒。有次我父亲他们在我家杀狗，每人需凑一杯油炒狗肉，我亲眼见他双手捧杯盯着杯口一步一移端来。我说火保叔怎么不用碗呢。

"那不准的。"火保叔气喘吁吁地说。

火保叔结婚五年不育，从外村抱养了一个女孩。我妈说那女孩小时候好倩，可不知怎的越大越丑。又短又胖不见眼睛和下巴，只有红鼻子厚嘴唇，可是居然成为刘局长的媳妇，也就是书记夫人。我妈说，没法子，村里只他们两家门当户对。

一远近有名的巫婆得知火保妻不育，冲着他家的金窖来跳神。那巫婆神跳得特别有劲有节奏，咒语念得特别响亮。三天过去火保叔一分钱不肯多给，巫婆暴跳如雷，捶胸说，仙姑啊，你给他一个木瓜好了。十个月后，火保叔果然得一子，他老婆说起来也算我婶婶喜得疯癫，整天抱着襁褓悠荡，口中念念有词：

"金钱羔金钱崽；我有钱的羔我有金钱的崽。"

火保叔就干脆给他取名刘金钱。当然，这些都是我妈自叹家境不好时讲的。

这个刘金钱小学跟我同了学，超过指头的数字从没数对过。四年级时我们十几个人扳住他的手扒下裤子，要他说出金窖的样式，并威胁说不讲就把裤子踩进烂泥田。我们把光屁股的金钱堵在田埂中间，哭了整半天还是说不出金窖的模样。他小学没毕业就辍学了。

"反正我家有金窖。"他无所谓地说。

"我们不能跟人家比，人家有金窖。"我妈经常这样教育我要勤奋读书。

火保叔依靠亲家的努力，在刘时耀局长离休前把独子塞进县教育局印刷厂当临时工。临走前我妈煎了鸡蛋送行，金钱抬筷子撩撩就下桌了，他说，城里人谁还吃煎蛋？

金钱长大成人了，来做媒的人踏矮了门槛，他挑来挑去选中一个漂亮的女孩子，用我妈的话说，这女孩俏得跟当年的下乡知识青年一样。

万分不幸的是，火保叔不等金窖发挥作用就病倒了，而且是一病不起。

在他奄奄一息的那天，金钱兄提着网兜匆匆赶回来，见他妈坐着有声有色地哭："爹呀爷呀……"

我婶婶哭得抑扬顿挫，鼻涕甩得叭叭响。金钱去拉她，她一扭说：你甭管我。

金钱一急，也趴在父亲身上嘤嘤地哭。我和我妈站在门边不知所措。火保叔的女儿一直在忙碌，见弟弟哭了也紧挨母亲坐下哭将起来：

"爹呀爷呀……"

听大门外人声嘈杂，就见刘局长与书记儿子等人大步流星鱼贯而入，收尸的木头鬼左手拎鸡右手持刀跟进来，准备断气后扎脚下祭。许多妇女和小孩挤作一堆，场面大乱。刘局长不愧是见过大世面的人，临阵不乱指挥若定。他把金钱搋出来，满脸焦急地问：

"金窨哩，你爹有没有告诉你放在哪？"

金钱茫然的摇头。

刘局长一歪脸："完了完了，快去问你爹。"一把将他搋进去，关上房间门。

书记在外面维护秩序，喊，"大家别吵了，里面还讲话哩。"哭声也就戛然而止。

我竖起耳朵，全神贯注，只听见金钱在里边迫不及待地问：

"爹！爹！金窨放哪？"紧急得像是为自己找解药。

大家屏住呼吸，立在外边等了几分钟，金钱猛地搋开门，蹲在地上号啕大哭，歇斯底里揪头发踩脚。他妈忙过来拉他，金钱，怎么啦？到底怎么啦？可怜他妈至今也不知道金窨放哪。金钱只管拼命哭什么也不说。局长书记去劝都没用。

金钱蹲在地上哭，从上午哭到傍晚，由人家去张罗后事。

刘局长和儿子书记面面相觑，徐徐叹口气说：

"火保他爹死时火保也是这样哭的。可怜的孝子还没结婚呢。"

出殡那天，灵旗飘飘、幡幅林立，送葬的人排成长队从村头到村尾。哭声锣声唢呐声响成一片。火保叔是村里的名门望族，我和我姐持香顺在队伍中，第一次看这种送葬架势，深感他老人家名不虚传。

棺材抬到李屋桥上，"八大金刚"放上棺材准备杀土。屋桥门口点燃一堆火，送葬的人一只脚跨过火堆，"荡红"一下就可以回去了，杀土完后由八个木头鬼抬上山埋下便了事。金钱站在人堆里红肿着眼沙哑着说一些感激叔伯婶婆们的话。老者便劝他人死不能复生要想得开之类。

我忽然心血来潮，斗胆说：

"金钱哥，反正你家有金窖。"

金钱的脸抽搐了一下，痛苦地勉强一笑：

"哪里的事。"

回答得跟他父亲一样，也许跟他祖父一样。

站在他周围的人啧啧点头。

于是，村人又坚信无疑刘火保的金窖传给他儿子刘金钱了。

原载《厦门文学》1989年第1期

夏　季

　　相思豆咖啡厅老板娘的夏天来得特别快，她在夏天也特别风韵。我和诗人写两首面对面坐在高背沙发上目光呆滞不知喝什么，老板娘猛地抛过来一个媚眼，握住两瓶啤酒两个高脚杯，说喝啤酒吧，新出的。回转身瓶撬准确无误地从柜台里丢过来。

　　我说我遇到一件头皮发麻的事，写两首嗤之以鼻，他认为让吴大哥头皮发麻的事不会发生。我说不信算了，喝掉。他说喝掉，回去写两首。

　　我和豆子第一次光临相思豆咖啡厅的那天傍晚，她情绪很好，一蹦一跳的，还老远就偏着脑袋笑，阴阳怪气的样子。我问豆子笑什么？她上气不接下气地说，我爸给我取名的时候根本没想到相思豆什么的，他想的是以粮为纲全面发展。我知道豆子的哥哥叫大米，姐姐叫小麦，她爸当时是公社书记，我说像你爸这样务实的领导现在可不多啊。豆子说那当然，神气活现，骄傲得像小公鸡似的。我发现女孩子特别经不起夸，她不等弄清楚这夸奖是真是假就先得意起来再说。许多事情的发生不能怪男人太狡猾只能怪女人太幼稚，事实上男人仅仅是灵机一动而已。

在舞会上认识豆子的时候她给我的印象十分平淡。人家介绍说这是豆子，这是老吴，她很认真地纠正说是鞠小豆。我不解，问，什么鞠？她非常自豪地响亮地回答，是鞠萍姐姐的鞠。

舞会结束后我们男的按规矩摊派送女孩子，我自告奋勇送豆子。按她的指点把她送到家门口，她进屋关上门，又打开露出脑袋说，谢谢你啦来玩噢。我往回走，心想"来玩"的可能性恐怕很渺茫。

大约是第二天吧，我去店里打印一份材料。两个打字的娘们干得认真仔细兴致勃勃，老板坐在门边的小竹椅上读厚厚的言情小说，温和的阳光撒在他抚着膝盖的右手，是一幅美妙绝伦的油画。我坐在另一张小凳子上，里边四通电脑滋——嗒、滋——嗒的打字声听来十分和谐悦耳。我心情愉快。愉快的心情比较容易想一些该想和不该想的事。走路的骑车的人流来去匆匆一片繁忙景象，我估计大家都觉得自己的事情挺重要，我想不通大家在忙什么，心里就好笑。

　　豆子远远地踢一只易拉罐的空壳走来,叮叮当当自得其乐。这种微微驼背的样子我一眼就认出是豆子。我喊,嘿,豆子。豆子抬眼看,是你呀,干吗?又低头狠狠地踢空罐一脚,说,去我家玩。我摆出很犹豫的表情没有立刻同意,其实我很想去,特别是装作犹豫的时候。值得欣慰的是豆子笨笨的不懂,还一直催,去不去呀。我说,好吧,去一下就回来,作无奈状。

　　豆子告诉我她大米哥哥去出差,小麦姐姐在上课,她没事先回家替妈妈添煤做饭。豆子说你最好别喝茶我最讨厌洗杯了。我说只要能讨好你我坚决不喝。豆子还领我参观她自己饲养的几只兔子,兔子老鼠似的苗条,耳朵长长的通红而透明。但它们的弹跳能力特好,乒乒乓乓地撞得竹笼乱晃。我说豆子,这兔子早晚会被你养成老鼠的。豆子很生气,说才不呢,刚养半年就长了一斤。我发现豆子的眼光兔子似的无奈;或者说兔子的眼光小女孩似的忧郁如豆子。

　　写两首准备酝酿出几句酸溜溜的诗句来,歌颂春天歌颂生活,他说这般美妙的时光不创作那也太没良心了。写两首还没找到灵感春天就一眨眼过去了。日子过得快跟心情舒畅有关,心情舒畅跟豆子有关。改为夏令时了机关的作息制度还是北京时,上班时间便显得慢悠悠的像你的人生一样没个了结。提前一刻钟老余头就率领我们单位的单身汉和光棍雄赳赳气昂昂地步入政府食堂。这一段路上总能碰上豆子,我做鬼脸的同时豆子骑在单车上咧嘴丑丑地一笑，老余他们气宇轩昂地跟我大谈国是，居然丝毫没有觉察。

所有的忧郁所有的快乐

在这里寻找

一种情绪一种伤感

都只能

此时诉说

也许没有开始没有结局没有故事

哪怕是一个错误

毕竟表达了

青春的瞬间

事到如今，每次从相思豆咖啡厅路过，热泪禁不住地在眼眶里打转，但我绝不让它掉下来，绝不。

相思豆咖啡厅在电影院的围墙内。电影院的围墙就是电影广告栏，站在那里可以看到新片预告也可以看到自己的尊容。每周星期天晚七点是豆子单位的例会。每次能准时从广告栏里辨别豆子一晃而过的影子。我从容地骑车追过去，接过她的小挂包——那只我始终不知道里面有什么鬼名堂的小挂包，送她到单位大门口，再交还她，说，等你噢。

豆子开会的两个钟头里，我在大街上信马由缰。骑到十字路口，一般情况下我会放开龙头，单车往哪里拐我就骑到哪。朋友们会不会被我打扰全看他的运气。

准九点我返回相思豆，向柜台里的老板娘打一响指，示意她两杯，然后坐在老位置等。热腾腾的咖啡几乎和豆子的脚步声一起进来。豆子把单车钥匙潇洒地抛在桌几上，坐下，嗳地一声仰头叹气，十分深沉的模样，然后喋喋不休地责怪领导讲话太啰唆。豆子怀疑那个把下周打扫卫生的事讲了整整40分钟的副局长是更年期表现狂。

豆子讲完我讲。豆子左手支着脑袋认真地听，右手一小匙一小匙地把她杯里的咖啡舀到我杯里。我装作没看见，事实上我显然比她能喝。豆子舀完咖啡突然抬头问，你刚才讲什么啊？

我知道豆子根本没听进去。我注重的是有人听我讲，她注重的是有人跟她讲，讲什么反而无关紧要。我因为讲不完的话题，想说什么说什么，重复无所谓。我不生气，高兴还来不及呢。我乘机摸一下豆子的脑袋，说豆子真乖。尽管豆子搞不懂自己到底乖在哪里，还是得意地咬住下唇笑一下。我以摸她的脑袋作为最高奖赏。

有一次豆子说，老吴你真能讲，让我学到好多东西。我飘飘然起来，受到她的夸奖，我的嘴巴就像坏了的水龙头关也关不住。那天晚上豆子听得很疲倦、很吃力，一直在皱眉头。走到门口，豆子说，老吴你真能讲，让我觉得你不可信。像受到当头棒喝，我愣了半天反应不过来。送她回家的路上我沮丧极了。

当你把什么都表白清楚的时候，你却无法表白你的表白是真诚的。

几天之内我无话可说。

我对土豆的好感来自童年的记忆。

冬天的早晨总是雾蒙蒙的。冬天的早晨的被窝真是暖和呀，暖和到什么也不想。我什么也不想，母亲坚持不懈地唤我起床。起床后的第一件事就是蹲在门口的水沟旁刮洋芋，用碗片一个一个地刮，褐色的皮在水中飞舞翻滚而去。半笊篱的洋芋刮完交给母亲，母亲倒进锅里压在饭甑底下。灶边烧火的小姐姐一手绕过我的腰，握住我两只手腕在火边烤。张开十指我看到了灶火映照下自己的每一根指骨，一股酸麻的感觉穿经两臂抽打心尖。

吃早饭了，姐姐把她最心爱的火笼——那只提把上她刻有几朵梅花的小火笼塞在我脚下。脱开鞋子踩着，脚趾立刻有热烈的感受。太阳斜斜地晒过来，晒在稀溜稀溜喝粥的一家人的肩膀上，晒在那一大碗热气袅袅的洋芋上。在以后十几年的岁月里，提到家、提到父母双亲、提到兄弟姐妹，首先浮现在脑海的就是一家人在太阳底下围着洋芋喝粥汤的情景。脚下踩火笼，肩上晒太阳，双手捧着汤碗的温暖即刻传遍全身。

中学生的时光说是吃饱饭上课的时光不如说是在课堂上等饭吃的时光。放一颗洋芋在饭盒里蒸熟了扒开，白米饭中就留下一个黄褐色的小窝。一股清香飘浮不散。洋芋在两手间抛来抛去等冷却，剥开皮轻轻咬一口，味道极好。

"土豆烧熟了再加牛肉"这句话可以说是家喻户晓。那时候牛肉珍贵，宰杀一头耕牛要公社党委研究。牛肉好吃，这众所周知，但我们吃不上。可这土豆是什么好吃的东西？

"土豆就是洋芋。"老师作解释时脸上有一种啼笑皆非、莫名其妙的表情。

我吃相恶劣，铁哥们写两首恶狠狠地点着我脑门骂，丈母娘家这样吃娶得到老婆我跟你打赌。我当时两手流油聚精会神地琢磨如何把龙骨里的骨髓吸出来，写两首的警告只能当作耳边风，没空理他。

第一次在小郁家吃饭我就这吃相。那一盘叫洋芋又叫土豆的东西我端到自己眼前，专心致志地吃到仅剩一点丁丝。吃完了才放下筷子抬眼看小郁，小郁问你特别喜欢是吗？我觉得喜欢土豆没什么伟大的，只能说明自己是穷光蛋出身的乡巴佬。于是我说，不。觉得有点心虚，又补上一句，不是特别喜欢。

小郁撇撇嘴，说，喜欢不敢承认，窝囊。

　　这一瞬间我突然觉得小郁很像我小姐姐，我那善良的苦命的小姐姐。跟姐姐围吃土豆的温馨感觉迅速传遍心身，眼睛一阵潮湿。

　　小郁让我伸出双手，在掌上缠毛线，眼帘低低地问，最近行情怎么样？

　　我把和豆子的事如实汇报。小郁摇摇头苦笑，这种没心没肺的女孩子你担心点。毛线打了个结，结解不开小郁就咬牙切齿地弄断，从鼻孔里打出一声哼。我便不再吱声。

　　小郁曾经跟我讲过，你早晚要回到我身边的。我说我不信。她说信不信由你。你这种人骗不到女孩子的。她说这话的时候信心十足，动用了警察对付犯人的那种眼光。

　　豆子告诉我，她爸想跟我谈谈。我顿时目瞪口呆。豆子看我不吭气，急了：你去不去嘛？老板娘坐在柜台里数毛票，嘴里念念有词，冷不丁冒出一句，男子汉大丈夫不敢去，居然。老板娘不屑一顾的神情，头也没抬一下。我怒吼，去，怎么不敢去，你爸又不是鳄鱼。老板娘这时笑一下，说温柔点兄弟，现在温柔的男孩子时髦。

　　其实我不是不敢去，而是想不通她爸怎么会知道的。印象中我们就一次碰到她爸，而且是下雨。豆子特地把雨伞挡在眼前，她爸擦肩而过后豆子接耳说，我爸又喝醉了。我回头看，她爸果然酩酊，步履蹒跚，一把折伞攥在手上。豆子她爸鞠福根同志20世纪60年代当公社书记至今还是正科级，在跟年轻人大谈艰苦奋斗时就更加神采飞扬。他怎么会知道呢？世上没有不透风的墙。我不能不诅咒这个关于墙的可恨的哲理。

去豆子家的那天晚上她爸没有喝酒，双目炯炯有神不带半点酒徒的痕迹。他说恭候多时了年轻人，然后微笑着伸出右手。我不敢紧握只轻轻一捏，感觉就是舒服。柔软、温暖、仿佛白胖的手背上还有四个小肉窝。我从来没有跟我父亲握过手，不过我想父亲那老树叉似的手握起来肯定没有这种感受。

豆子这狐狸精关键时刻不知死哪里去了，这就助长了老革命的威风灭了我的士气。她爸神气活现表情丰富讲得抑扬顿挫十分动情。他说：

年轻人自由恋爱我十分支持。我家大米就是，小麦据我所知也在谈。但是，我的立场一贯是孩子的婚事不包办可不能不管。豆子是不是不能谈恋爱？当然不是。但我觉得太早了点，的确是太早了点。你是不是不能跟豆子谈，当然不是。我这个人是没有门第观念的，社会主义国家只有分工的不同没有高低贵贱之分。我要指出的是，你还年轻，要以学习为主，学文化学知识，把谈恋爱的劲头拿来建设四化多好啊！成天想着谈恋爱很不好，很不好嘛……

豆子她爸的话深入浅出循循善诱，从自己的亲身体会出发又理论联系实际，浅显易懂又让人受教育。遗憾的是我几乎没听进去，一心在想如何弄出几句出色的话来唬住他，哪怕只有一句。

他最后说，明白了吗年轻人？

我不置可否起身告辞，在门口从容地把那句打了几十遍腹稿的话讲了出来。

我说，把女儿嫁给我是你的运气；不嫁也不是你的权力。

一转身我的泪水就不争气地涌出来，我紧紧咬住舌头也不管用。我恨透了说男儿有泪不轻弹这句话的王八蛋。我想要么他一辈子没遇上伤心的事；要么躲在厕所号啕大哭擦干眼泪出来后故作轻松，总之不是玩意。

我一直觉得豆子她爸还愣在门口，但我忍住不让自己回头看。天上不知何时飘起蒙蒙细雨，街上行人稀少，蛾似的雨毛在华灯周围团团跳跃。偶尔传来一声铃响，让人心口一紧，寒气就从脚底升上来升上来。

迷迷瞪瞪地过了一礼拜。豆子第一次提出要喝酒，老板娘不吭不气地摆了两瓶啤酒在桌几上。

豆子从头到尾总共说一句话，我爸答应那人了。

有一次豆子和她几个同学到乡下去玩，回来没有赶上班车。那个人的边三轮摩托及时地停在她们身边，她们小声嘀咕了一下还是别无选择地上车了。那个人将她们一个一个送到家门口，始终不说一句话。豆子说，那个人挺深沉的，我一时茅塞顿开。我说那些油头粉面的龟孙子怎么一个个鬼鬼祟祟地不吭气，争先恐后地埋头弹吉他，原来都在玩深沉。深沉是多么的容易啊，只要闭上你的臭嘴就行。我跟写两首还脸红耳赤地争得没完，现在得来全不费工夫。女孩子们把哑巴当男子汉的时候，这世道还有什么指望呢？

小郁，我聪明的小姐姐，只有你能理喻我的心境，此时此刻我由衷地想念你。

我知道那个人大学毕业在一个实权单位坐了一把交椅。那个人的父亲跟豆子她爸是老乡加战友。那个人走路脸朝天目不斜视你别指望他会主动跟谁打招呼。

豆子问，你干吗不说话？

我无话可说。

两瓶酒喝完了豆子还要，老板娘过来轻声说，小妹妹，何必跟酒过不去？下次再喝吧，啊。

豆子小鸟依人，老板娘善解人意。我想，女人固然成不了大气候，但世界上要是没女人那男人活着也确实太那个了。

付款时豆子低着头眼圈红红的。老板娘给我使眼色，小声说，温柔点兄弟。

我要送豆子，豆子猛地大喝一句：

我不要你送。我恨死你了。

我站在街中央仰天长叹。豆子双手掩住脸，肩膀一抽一抽地渐渐远去。

我坚信我彻底地堕落了。是那种想爱不敢爱，想恨不敢恨，好死不如赖活的堕落。是那种用男子汉的假像来掩盖懦弱的堕落。是那种看不见自己的悲哀又自以为是的堕落。

总之我是彻底地堕落了。

小郁说，你不该这样，你这样我很失望。那天小郁没留我吃饭，她站起来说，我要吃饭了。而以往她总是说，我们吃饭吧。我像许多小说里写的那样，"悻悻"地走了。落水狗一般。

后来豆子就给我讲了那件让我头皮发麻的事。

豆子说，完了，我什么都完了。

我说你在我心目中还是豆子，是吗。我动情地摸了一下她的脑袋。

豆子抽泣起来，说，谢谢你了老吴。

有人用单车驮米，结果米袋子烂了，大米一粒接一粒地往下掉。豆子当时的泪珠子就有些这个阵势，看上去挺可怕的。

我特地交代豆子，千万别跟你老爸说这事。

我知道老革命对这种问题比较难以容忍，他将理直气壮地痛斥那个人。伤害他们战友的感情是小事，重要的是事情闹大了会把豆子逼到绝路。

　　写两首不信我能理解，一般情况下搞艺术的不敢跟女人动真格的。"那个人"除了音乐外对任何种类的艺术不感兴趣。他感兴趣的是交椅，况且他关于音乐的所有知识都来源于舞厅。所以他敢。

　　我想象他潇洒地给豆子说完"我们分手吧"这句话的时候，豆子就只有流泪的本事了。

　　女人啊，能神气的时光是多么有限。

　　那天晚上分手后写两首回去写他不知要献给谁的爱情诗的同时，我拨通了铁杆的床头电话。我等半天铁杆才接，一个十分嗲的声音首先传来，干吗你，这么迟了讨厌。

　　我把要办的事说了，铁杆干脆地回话，说小菜一碟包在我身上，我认识那小子。

　　我提醒他，可别把人弄死了。

　　铁杆很不耐烦，说老吴你有完没完，我比你清楚。拜拜了兄弟。

　　铁杆正度蜜月，因此火急火燎地挂断电话。

　　第二天铁杆的吉普车"不小心"刮了那个人一下，那个人于是人和单车一起滚到旁边的水沟里。"幸好"水沟不很深，那个人才没有丢命。铁杆的吉普车扬长而去，那个人头破血流被人弄到医院，他说确是没有看清楚是谁的车。

我必须给自己庆贺一番，是的，必须。

于是我打电话给小郁，告诉她晚饭在她家吃，并且告诉她一定要土豆。

她说，不巧家里没土豆。

每次在她家吃饭都有土豆，一碟子放在我面前。今天就没有？

我没好气地说，没有也要吃。

小郁说，老吴不错几天不见有进展了，敢说实话了。

我想想这么热的天没啤酒还真不行，又说，你准备几瓶啤酒吧。

小郁说，干吗了你？

我说你不要问，准备就是了。

小郁说，我就知道你会回来的。

我说，不，你这里是中转站。

那头沉默片刻，最后小郁还是坦然地说，那我为你送行，祝你一路顺风。

放下电话，我已经泪流满面。

这么炎热这么烦人的夏季，小郁，让我们好好干一杯。让我们重温往日冬季阳光下的温暖。

原载《福建文学》1991年第11期

绝　活

绝活的存在永远是个诡秘的谜。

绝活住生产队的一间谷仓，阴暗潮湿，然而门口就是晒谷坪，眼界开阔。生产责任制后，绝活买下这间谷仓，打通前后两扇窗户，安装了电扇，这间房子就天天明亮而舒畅了。绝活的肥女人养了一群大同小异的猫，进进出出地忙乱，嘴中念念有词。绝活左手握水烟筒，右手提古铜色竹椅，健步跨过几只扭成一团的小猫，啪地放下竹椅，坐稳，咕噜咕噜吸起水烟，黄脸在阳光下烟雾缭绕如同他的人生一般扑朔迷离。

困难时期那几年，村人食糠。消化不良的儿童褪下裤头，趴在大人腿上用铁钩挖屎，有气无力的怪叫不绝于耳。那年的老鼠却个个肥硕，肥头大耳的鼠们成群结队在光天化日下懒洋洋地踱方步，全不把瘦骨嶙峋的老猫小猫放在眼里。村人愤怒而束手无策。一长者提议画猫镇鼠，众人允诺。当时村中独一无二的高中生责无旁贷地担此重任。他自带笔墨挨家逐户画猫，只只梗颈竖毛，龇牙斜眼，虎视眈眈，栩栩如生，较活猫威风百倍。猫们相形见绌，惭愧地在桌下叹息呻吟。这一手绝活让村人惊叹，为出了一个人才骄傲万分。这位高中生落个"绝活"的好名声。

后来他考上大学。出门那天暴雨如注洪水滔滔，浓厚的雾经久不散，十米之外不辨人影。村人男女老幼在没膝的水中为绝活送行，绝活将录取通知书揣在怀里，双手按住斗笠，片刻消失在山腰小路上。他老娘痛哭流涕："他头也不回呀；他头也不回！"

不到一年，绝活回来告诉老娘说："我不回去了。"老娘急得如抱窝的母鸡："怎么的事？怎么的事？"长者亦询问，绝活守口如瓶只字不提。

绝活长年读书不擅农活。队长说只值6个工分，并让他管理仓库，晚上给昏昏欲睡的社员们朗读语录社论批判文章。傍晚，村人吸溜吸溜喝完地瓜丝煮的粥，男人洗热水脚，女人站在门口大呼："狗——崽，回来。"复又侧耳辨听一群叽喳如麻雀的儿童哪个是自己的。尔后男人拍打咕咚响的肚皮，女人拍打孩子黑红的屁股进房熄灯睡觉。

全村寂静，偶尔有一声权威的大狗叫，有小狗跟着乱叫。

此时，从山坡上那棵老榕树下传来悠扬的笛子声，有时凄厉如泣，大家知道绝活睡不着了。善良的女人便会在男人怀里感叹一句：这苦命的孩子！可怜绝活他妈在如豆的油灯下索索颤抖，不知所措等待孩子归来。好不容易回来了，本想嗔怪几句，见孩子一双红肿的眼睛只好忍气吞声。可怜的老女人怕孩子伤心连叹息也不敢。

绝活报纸读得结结巴巴，与老娘过着沉默的日子，傍晚的笛子声也不再让善良的女人感叹。

一年之后的某一天绝活突然失踪。他老娘和村人似乎并无惊诧，只是夜间经常静寂得让人发慌。画在各家墙上的猫虽然斑驳模糊但雄风犹在，主人就想起绝活孤苦的母亲，怜悯之中狠心扒下两片菜叶或一把糙米或拣几根筷子粗的柴禾送去。

墙上的猫逐渐失去风采，绝活也逐渐被人淡忘，他老娘也成了孤老婆子。

山里人平淡的日子如同绝活的老娘一般沉默，沉默得让山里人既不回忆过去也不向往未来。几年时光一晃过去了，绝活回来了，比以前白胖了许多。重要的是带了一个比他更白胖的姑娘回来。姑娘的富态居全村之首，赞叹声此起彼伏，都说绝活好福气，他老娘好福气。

绝活并不经常出工，在自留地种一些蔬菜。他的肥女人三两天提只小竹篮去公社食品站买猪肉。那时人们罕吃肉，珍贵的肉票买一块肥肉擦锅底，过节了方才切细末裹包子或炒菜。绝活的肥女人买下整块的瘦肉，整锅整锅煮着吃。那间破房前，天天围着面黄肌瘦的孩子，眼光像掷铅球一样往他的锅里扔。肥女人一人挟一块给他们，孩子们小跑回家，滚烫的猪肉在两个小手间抛来抛去。母亲把肉切细，分给在家等候的兄弟姐妹。绝活天堂般的生活令全村人羡慕得眼睛发红。支书的老婆时常端一碗白米饭，盖一块灿烂的煎鸡蛋，满村兜着吃，炫耀自家的富有。绝活的肉香警告了他们，支书老婆再不敢端饭出门了。支书想到绝活，牙根阵阵发冷。

有好事者想弄个水落石出，绝活笑而不答。长者以为绝活在外交了肝胆朋友，不断寄肉票来，大家想想有理，就以为是，只埋怨自己的朋友不够肝胆。食品站的同志大惑不解，他们认为一名为人民服务的革命同志有责任对公社负责，对社员负责，对猪肉不够供应的问题提高警惕。经打听，经常买肉的女人虽然长得富态，但不是公社领导的革命伴侣。偶然中他们发现肥女人的肉票上猪尾巴比别的肉票稍长，激动中马上报告公社。公社的侦破工作不费吹灰之力就取得突破性的进展。

绝活坦白交代的结果表明，肉票全是他自己画的，自己买肉也用来换钱。纸张来源就是革命委员会张贴出去的布告通告的头尾边缘。绝活说，他的师父能画人民币，来去无踪云游四海。负责侦破的同志为不能抓获如此重大的案犯扼腕叹息。

　　绝活被绑在公社大院的柱子上，两个民兵轮流用木棍抽打。绝活鬼哭狼嚎地嘶叫：要死了！要死了！招惹周围的狗竟相嚎叫，村人无不毛骨悚然。一天一夜之后，绝活昏迷中尿屎交加，搞得整个大院臭气熏天，影响领导的工作情绪。民兵将他扔在池塘里。正在那里欢快打滚的两头母猪见一异物从天而降，吓得连滚带爬狼狈逃窜。

　　绝活的双手剪绑，气若游丝坐在塘中，肮脏的塘水没至颈部，一镜一镜绿色锈水随风涌来又飘去，偶尔一只青蛙跳到他头顶发一声怪叫又纵身跃入水中。

　　绝活从此染上怪病，看到在池塘、烂泥田中打滚的母猪不禁头晕眼花全身发软不能自制。

　　公社对绝活的专政以他老母亲上吊自杀而告终。民兵把绝活拖上来，解开绳子，摸摸鼻息尚有，对他说：你娘死了。

　　老女人脸色紫黑，双眼暴出，脖子上的红色绳印如爬行的蜈蚣久久不沉；手足怪异地弯曲，像是正在舞蹈的巫婆被突然定身。绝活趴在母亲身旁不哭也不流泪，为她擦脸穿好衣服。出殡那天绝活体力不支没有送葬，在家跪着。他的肥女人跟在棺材后奇奇怪怪地哭。年轻姑娘听不懂，吃吃地笑；年长些的婆娘无不惋惜，联想到自己凄苦的身世纷纷落泪，撩起衣襟擦个眼泡通红。

　　绝活患了哮喘病，整夜整夜地咳嗽，一口浓痰卡在喉咙小鼠一般上下乱窜，吐不出咽不下。用劲咳，吐在地上的浓痰中血丝依稀可数。

肥女人弄来一断毛竹，一令白纸，几张彩纸。绝活闭门不出，操刀细心地将毛竹破开，劈成丝条，扎成一座门楼、一棵树、八个人的轮廓，糊上纸。绝活干得细致认真，间或放下手中的活计抱住脑袋猛咳一番，咳完继续干活。

七七四十九天，绝活的老娘走完了漫长的阴曹地府之路，在阎王管辖的阴间等候孩子孝敬她的一切。入夜，沉静的村庄支撑着倾斜的天空，星星神秘的眼睛窥视人间发生的故事。

"吱呀"一声大门洞开，肥女人饱满的哭腔溢出。松脂照明处，金碧辉煌的门楼龙屋映入围观者眼帘。门楼与人齐高，飞檐流丹鲜艳夺目，细心的人看到，两根柱上各书一副对联：终天唯有思亲泪，寸草痛无益母灵——驾返瑶池；阵辞祭酒表赤子孝意，洒泪讴歌悼家慈之灵——母仪千古。接着逐个抬出八个纸人男女各半。细密的头发，淡淡的眉毛，明亮的眼睛，玲珑的鼻子，身材细小苗条。它们或端杯或捧碗或提壶或拿帚，神情诚恳，形象逼真。围在门楼与纸糊人中间的是一棵摇钱树，绿叶红花的间隙，挂满金锭银元铜钱。绝活披麻戴孝蹒跚而出，跪倒在金色的龙屋门楼前，放声大哭，叩头且拜。夹在女人间观看的孩子"哇"的一声号啕大哭。女人莫不流泪。跪毕，绝活点燃垫在纸物底下的茅草，火势迅速蔓延，顿时火光冲天，纸物瞬间仅存竹扎骨架，即刻又纷纷倾倒化为灰烬。一片一片的纸灰在村庄上空飘荡，迤逦升降上下翻飞快活似蝶。

全村人为绝活的才能心悦诚服，老者对行将就木不再恐惧，反而心驰神往。有绝活如此般精巧的手艺，到了阴曹地府自有享不尽的荣华富贵。

村人众志成城，连村支书也没有向公社汇报本村有史以来最大规模的迷信活动，因为他的七十老母五年前就卧病不起。

绝活的聪明才智再次震惊了全村，他成了专伺候死人的艺术专业社员。龙屋纸糊人摇钱树可大可小，工序可繁可简，可五彩缤纷亦可单一朴素，根据各家的贫富而定。死一个人够绝活忙乎几十天，于是常见他腋下挟着一捆纸，匆忙走在乡间小路上。

1980年春天，老者受到气候的某种启示，重又想起废弃整整三十年的元宵节游灯笼。游灯笼的时间按老规矩定在正月十三、十四、十五三个晚上，每户出一板灯笼。各家各户又忙碌一番，寻找灯笼板，寻着的用灶灰仔细洗刷；寻不着的随便换一块五尺来长的屋角板在头上挖两个互相连接的洞，准备好托把。一板两只灯笼，须破竹、扎架、糊纸、画花写字甚是复杂，村人又纷纷想起绝活。

绝活已在家劈好一大捆竹条，一个接一个的扎灯笼骨架。肥女人裁好一叠一叠的白纸红纸绿纸黄纸。白纸先在绝活刻好的印板上印上花、人、字，然后贴在灯笼的三面，间隔的三面分别贴上红绿黄三色纸。门口摆了两只谷箩，一斤白米换一只灯笼。懒得自己动手的人们提来两斤白米，自觉地倒进谷箩，便可挑走两只灯笼。来人络绎不绝，上百只灯笼一天内被换完，绝活夫妇喜笑颜开。

临近元宵佳节，家家户户宾客满堂，想一睹游灯笼的风采。夜晚，绝活站在老榕树下观看缓缓挪动的灯笼长阵，如星如蛇如蚂蚁搬家，很是壮观。待游近眼前细看，绝活才发觉大多数灯笼千篇一律，缺乏变化越看越腻味，绝活顿感内疚，摇头苦笑。

绝活的日子渐渐好起来，咳嗽似乎也不如从前厉害。买下这间谷仓后，次年添置了三用机，拥有磁带近百盒，第三年买台小彩电，尽管老猫常在上面打盹，电视机还是成天哇哇乱响。

让人费解的是，附近大学生放假都来找绝活聊天。谷仓里笑声朗朗气氛活跃，听来似乎是谈论画画一类的玩意。村人觉得与己无关，并不理会。人们只知十几年来绝活每夜忙到深更，以为又在扎龙屋什么的，想来也很正常。

这天，绝活吸完烟，水烟筒放在脚边，两手抚着渐渐没有声响。老猫安静地盘在绝活脚边，日照为它罩上一圈淡淡的光轮。阳光如粉撒在他身上，一对苍蝇在绝活脑门上调情，缠绕飞舞不愿离去。肥女人见了非常生气，举手瞄准绝活脑门上的苍蝇拍去。苍蝇双双敏捷地远走高飞，绝活却轰然一声仰面躺倒在地。

绝活死了。

绝活的存在永远是个诡秘的谜。

后来，肥女人抱出整捆的宣纸来摊在宽敞的晒谷坪上晒太阳。宣纸摊满整个晒谷坪，用小石子压着，清风徐来呼呼作响，令人想起千军万马夜宿野外的呼吸声。全村震惊，男女老幼急切围观，一看方知道每张宣纸都画猫，猫们大小形态各异，只只呼之欲出。围观者大气不敢出，人人脸上表情肃穆惊恐万状。

此事迅速传到县城。县文化馆当天派人来拍照。来人蹲在地上一遍遍细看，想要带走一些，肥女人死活不肯。

其中有张叫猫逮鼠的画造型生动，构图别致。龇牙咧嘴的两只黑猫，眈眈欲跃，两只小鼠惊愕茫然，不敢动弹。来人说，作者敏锐地捕捉到这紧张对峙的一瞬间，又透出挑逗的风趣，功底不凡，无论如何要带回去，送到县城参加画展。肥女人经众人劝说，才同意了。几天后，省报登载了这条消息，配发了这幅猫逮鼠照片。报道说，作者继承了国画严谨的结构，古拙生动，神采飞扬，创造性地形成了自己工致艳丽、别具韵味的艺术风格。与齐白石画虾、徐悲鸿画马、郑板桥画竹颇有相似之处。

村人再一次为出了个人才而骄傲。女人不懂，感叹之余惋惜道：可惜绝活的"小弟弟"当年被揍坏了，连个孩子也没有，可怜哪可怜。

猫画之中，有一封绝活当年那所大学的来信，识字者竞相传阅。大意是说绝活是无辜的，他画在学校宣传栏上的那位大人物不是叛徒、内奸、卖国贼，而是人民的功臣。欢迎绝活回校补发结业证书，建议当地政府妥善安置为盼云云。

太阳出来了，绝活的肥女人又弓身将猫画摊在艳阳下。

原载《厦门文学》1991年第12期

入选《传奇文学选刊》1992年第4期

惬　意

　　老炳身披棉袄，威风凛凛地站在民国初年秋末的黄昏里，他从狮头岩俯瞰自己的小村。天空阴暗灰冷，炊烟徐徐袅袅，村后山腰浮游着铅云，山顶孤独，没人在意老炳枯树般的剪影。

　　军事咽喉之地呀，老炳想，如果围成山寨真是易守难攻，只需滚木即可击退来犯之敌。老炳指甲刮着眉毛弄不清楚这块风水宝地为何没人敢要。我就是寨主，寨畲第一。老炳心中一阵激动咬紧牙根深深吸了口气。晚风徐来，老炳一颤，身子发冷肚子也饥了，便下山。猛然想起寨旗插哪里呢？回转身，见一小土包上有棵老松树丑陋如破烂笊篱。对，这就是旗杆。

　　裹紧棉袄，老炳满意地归去。

　　当晚，老炳打了一斤水酒炒一盘卖剩的猪大肠美滋滋地灌下。他不敢多喝，明天还要杀猪哩。老炳坐在床沿两手扶膝挺胸直背如运筹帷幄的大将军想自己的心事。想到开心处也如大将军仰头哈哈大笑。笑毕摸出枕下一本破旧的《水浒》，凑近昏黄如豆的油灯下阅了五六页倒头睡去。

老炳年过四十还没有女人，有好事者问及为何不娶。老炳说：

你以为娶女人很好是吗？娶女人好在哪里？好个屁……

问者和老炳于是一同哈哈大笑了之。

确切地说老炳不是娶不着女人而是他看不上。老炳胸怀大志说不上治国安邦起码迟早要占山为王，而压寨夫人是容易找的吗？

寨畲三面环山，村前是悬崖峭壁，峭壁形壮如狮。老者说寨畲被踩在狮脚下永远出不了大人物。

老炳大不以为然。

第二天，老炳在三狗家刮猪毛，突然有人来报，财生家被抢了。老炳骂一句狗胆包天，提着屠刀就跑。财生家一片狼藉。他的两个女人和母亲躲在房里嘤嘤地哭，财生蹲在地上颤抖，嘴唇发紫眼睛恐惧惶惑像小猫遇狗。老炳追出数百步，已见七八人跑出村外。老炳怕寡不敌众，急得团团跺脚。三狗扛鸟铳赶来，老炳接过，单脚跪下，眯起左眼，沉气放了一枪。当场撂倒一个，其他扔下花布包袱作鸟兽散。几个胆大的年轻人前去捡东西，黑木挂钟和一个小皮箱是财生家的自然还他。财生女人边哭边翻箱子，看她一对耳环和一件绸被心是否还在。撂倒的那个左手无名指有金戒指，老炳说谁埋了尸体戒指归谁，于是有两后生抢着抬死尸。财生女人使眼色也想要，财生鼻孔重重打一声哼，女人便不再吭气。

你怎么不敢追过去？

老炳指甲刮了几下淡淡的眉毛说，我还没吃猪膏哩，我要吃了猪膏就敢。

猪一破膛，老炳要先割下一块猪油趁热吞下，妇人见了莫不吐酸水。这是老炳多年杀猪养成的习惯。他说，吃热猪膏能壮胆。

这是老炳平生打死的第二个人。

第一个是外地小偷。

小偷将酒壶和铜锁装在麻袋里被村人查出，擒交给老炳处置。财生说酒壶和铜锁是他家的，财生女人说酒壶里还有半壶老酒的。

"酒呢？"

"喝了。"

老炳暗暗佩服小偷的酒量。

老炳想放走了事，又有几个村人来说他们家的酒壶也丢了。这还了得。

老炳把小偷扭到一棵大樟树下，叫人取出大麻绳，系住一个脚倒吊起来。小偷鬼哭狼嚎的哭叫像一堆撕破的烂纸，杂乱无章，语无伦次。

至晚饭时分，小偷承认酒壶全是他偷的。

"吊死他吊死他"，许多妇人与小孩端着饭碗边扒边喊。

是该吊死他，老炳想，但死之前要为他做点事。"你还有什么话说？"老炳问。

"给我一筒烟抽吧！"

老炳身上没带烟，觉得是小事，没理他，回家喝酒去了。

次日清晨，老炳早早爬起，想起小偷还吊在枝上，忙去张望，见那人轻飘荡漾如叶。解下绳子，小偷脸乌黑，双眼突暴，一只手死咬在嘴里。老炳给他合眼几次合不上，咬在嘴里的手也拔不出，用死劲，拔出根根惨白的指骨，肉还含着。老炳看着可怜，深深叹气，责备自己昨晚没有给他取烟。在樟树底下挖了个坑，埋下。发觉小偷的棉袄还九成新，反正也是偷来的。于是扒下穿在自己身上。

就是披着威风凛凛站在狮头岩上的那件。

后来，常有人说夜间路过那棵樟树，隐约有人说："给我一筒烟抽吧。"村人因此毛骨悚然，妇人小孩遂不敢走那条路。孩童夜哭，母亲说，再哭再哭抱你去樟树底下，孩童便变哭为抽泣。村人就有责怪老炳的意思，那小偷其实不该杀的。老炳嘴上愤慨，时常也为此内疚。

当然，这次村人无不称赞老炳好枪法。老炳也自认为是彻底的英雄行为，从此走路更加雄赳连咳嗽也更响了。

老炳从三狗家喝酒回来，认真地照铜镜，研究自己的容貌能不能够得上气宇轩昂。五官哪里都好，就是眉毛太淡了，男人淡眉薄命，他因而有用指甲刮眉毛的毛病。虽然离雄姿英发仪表堂堂相去甚远，但也身强力壮虎背熊腰，说是身姿矫健也不过分。这是杀猪练出来的。

老炳杀猪从不要别人帮忙。猪勾勾住脖筋到主人大厅，勾柄夹在左腋下提起，让它前脚架空，右手将刀一下捅进心窝。

老炳以为：大事业的成功要靠天时地利人和。时也运也命也让胜者为王败者寇。

老炳对自己说：机不可失时不再来，开始吧！

财生家有十亩地为全村之首，是全村唯一有两个女人的男人，唯一有黑木挂钟和小皮箱的户主。小偷盗他土匪抢他，老炳为他除害现在要干事了自然要找他出钱出力。

小地主财生除了谷仓比别人满，米缸里陈年老米不断，吃喝很是节俭，养一个瘦骨嶙峋的长工工钱年头欠到年尾。听老炳说要买枪结实是吃了一惊。枪要二十斗谷一支，子弹两斗谷一粒。财生犹豫着想拒绝。"你家才有东西让人偷让人抢，我还不是为你好？"老炳愤怒了。财生小女人也附和说就是就是。

财生横下心一拍桌子，枪他出谷子买了。老炳再要他买子弹，财生死活不肯。老炳又动员了几家，把自己的两斗谷子也舍了，最后买了一杆枪五粒子弹。

老炳响亮地咳嗽着，兴高采烈地扛枪上肩在村里兜了一圈，想不到的是大家见了就躲。老炳逮到一个后生说：走，跟我瞄枪去。

我有事的。后生怯怯地说，挣脱他的手。

老炳垂头丧气，抬眼望望万里无云的天空，瞬间饱含热泪。单脚跪在家门口，端枪瞄准狮头岩的狮眼睛。老炳感到寒彻心骨的孤独，塞畲真是风水不利啊，现在的后生没出息啊，老炳发觉自己老之将至。老炳只放过鸟铳，没打过枪，放一枪出去的欲望撞击着他的意志。但终究没有，他知道子弹昂贵，更清楚现在还不到时机。

把枪法练好再讲吧，立寨称王的事退一步海阔天空，老炳安慰自己。老炳第一次失眠，在如豆的油灯下翻看的《水浒》更加破旧了。

老炳的枪法已练得炉火纯青，子弹擦得黄晶晶亮闪闪，尽管还是五粒。老炳可以用站姿卧姿跪姿瞄，可以用右手或左手单手瞄。枪一举起，狮子眼就和准星缺口在一个点上。老炳多想放一枪出去啊。这个欲望撞击着他的神经，整整折磨了他两年，哪怕打小偷也行。然而这两年里塞畲十分平静，老炳的名声使他们闻风丧胆。老炳在痛苦的煎熬中期待了两年，他的枪一响就宣布事业开始了，他期望这个开端。

机会终于来了。这一年，来了一支队伍。

塞畲就是我的，你们居然敢来插足。老炳震惊了愤怒了，他怒火中烧，他决不容许。

再不能坐失良机了。老炳鼓励自己。

小地主财生家首先遭打劫。

那天，老炳喝了半壶老酒，黄色的太阳隔着云层照得村子昏昏乱乱，狮头岩金光闪闪。峭壁上有人在忙碌，财生就要拉到岩顶上杀头。老炳端枪半跪在门口，觉得狮眼会动，他回屋喝了一瓢冷水再瞄，直到狮眼不动了才拉开枪机安上一粒子弹。他再端枪瞄准村口，等待他的目标。两人架着五花大绑的财生终于走到村口了。老炳奇怪，怎么没人看热闹没人哭呢？财生女人哪去了？狗也不敢叫了？老炳瞄准一个厚实的后背。

不等知道怎么回事，老炳已经被击发的后坐力冲倒在地。老炳爬起来，那人已仰面躺倒，另一个压住财生的脖子也卧倒在地。老炳捡起枪，枪管正发烫，死命拉枪机拉不动，挂在地上用脚踩还是踩不动。老炳想捡块石头敲开再装一发子弹。石头没找着，已有许多同党跑拢来将他和那支枪按倒在地。

老炳于是被绑在他们驻地的一根马柱上。枪机会拉不开？事先也不准备一块石头？老炳后悔不迭。

一个圆脸圆眼睛圆嘴唇背着一把大刀的过来给老炳松绑，带他去吃饭。吃饭时他坐在老炳身边把大刀转过来横在大腿上。

真是一把好刀。刀背很薄，刀锋泛着青光，刀尖有一倒钩，刀把系一束红缨。老炳平生第一次见到，惊得目瞪口呆。"看什么看。"他警戒地握紧刀把。

长得好看没本事的人老炳讨厌；好看不好用的家什老炳讨厌。这把刀会不会好看不好用呢？要是快刀就完美无缺了。老炳指甲刮着眉毛想，古代哪个英雄好汉没有一副称心的兵器？枪真是不管用。老炳不由埋怨起枪来，后悔自己没有练就一身好武艺反而去练什么鸟枪法。他们不用枪，怪不得人家可以打天下。老炳恍然大悟地点点头。这一餐他吃得很饱。

饭后重新将他捆好，然后带到狮头岩上。背刀的断后。原来，他们也并没有垒寨，那棵破烂笊篱似的松树了也不见挂旗子。他们不知这里是军事要地？老炳遗憾地摇头，他很想刮眉毛无奈手绑捆住了。老炳被推到峭壁上，让他跪下。老炳凝视自己的村子，发现既没有炊烟也不见一个人影，他很失望。村子寂静，似要发生什么大事了。背刀的不知哪时候用红布把脸蒙住露出圆圆的眼睛，持刀站在他身后。老炳要回头看刀，脖子被卡住，脖筋上一阵激冷，好像是被抹了什么液体。

老炳知道这是在干什么。他不遗憾，天下是他们的了，自己无力与之争雄。遗憾的是自己始终没有称心的兵器，压寨夫人也不知在哪里，没什么留恋的。只是，只是不懂这刀是不是一把快刀。

这把刀要在我手上就好了，我要重新学刀术刀法练就绝技，村里的后生是没有指望了，可以筹资到外面招兵买马，可惜财生又被劫了哪来的钱？不然投靠他们也好，打了天下划一块归我就行，是说这刀也跟枪一般废物，那就没希望了。哎，这刀！

刀把上那束红缨在老炳眼前晃动。老炳死盯着。他的事业、他的抱负、他的希望、他的压寨夫人、他的一切都与这把刀有直接的关系。

是不是快刀？老炳此时全身心的精力都集中了，他绷紧神经，这是他眼下所要探求的是迫切渴望得到的答案。

一刀劈下。老炳的头滴溜溜滚下狮头岩。

于是，听到兴奋的声音从峭壁下传上来：

好快的刀呀、呀、呀！

原载《雏燕》1993 第 2 期

我的厦门

1983年的秋天，我无事可干。

太阳从西墙晒到东墙，公鸡母鸡以及老黄狗都沉默寡言。鸡们跟苍蝇逗着玩，老黄狗蹲在门口打瞌睡，撩起后爪扒脑袋弄得尘土飞扬。刚开始母亲叫我烧火，面对闷热的灶膛不断塞进芦芨实在是件苦差事，为图省事我大把大把地塞，火灭了又忽地腾起，埋头读一本百无聊赖的小说。母亲一年四季卷起裤管，脚丫从未干过，她一把夺过烧火棍说，去，我来烧。于是除了吃饭睡觉剩下就是坐在门槛上读小说。祖父坐在大厅祖宗牌位前的懒汉凳上打盹，面前供桌上摊开黑黄的通书。入了冬，祖父的双膝上便盖一截破棉絮，将供桌懒汉凳稍外挪到够得着太阳的地方。祖父依然打盹，不同的是咳痰的频率更高了，每石破天惊咔出一口绿痰，老黄狗就颤颤地踱进去舔一次。这样，祖宗牌位、祖父、我，三点成一线成为某种风景和象征。

　　父亲近知命之年，但祖父已过古稀都快八十了，在我们这个老人说了算的国度里，父亲不到五十岁在祖父面前算得了什么呢？祖父念过私塾能写祭文，对老把自己的名字吴勋写成吴员力的父亲嗤之以鼻，父亲在家总是毕恭毕敬奴颜婢膝点头哈腰，祖父永远以不可逾越的图腾而存在。父亲除了战战兢兢在家吃三餐，深更半夜悄无声息摸回他床上，极少与祖父照面，遭训斥无论如何不是一件愉快的事。风霜雪雨的农闲季节，父亲吃过饭就开始发愣，祖父一声干咳将他逼到门口继续纳闷，他站了一会儿抓抓皮帽一副无所适从的痛苦表情，然后踢了老黄狗一脚到剃头店去了。

　　拐子剃头店此时坐满了人，从鲜水潭挑水回来要被拐子颤倒一桶，父亲之流的闲人便自觉地轮流着挑。拐子左脚站直了一米六，右脚站直一米七。太师椅上是闭目养神的顾客，拐子一米六一米七的绕着他忙。正面镜子前闲人坐三面长凳讲古，父亲一般坐角落里浪着脸听着，那些奇事惊得他一愣一愣的，对见过世面的人物满脸堆笑的抓瓜皮帽佩服。这是他的快乐时光，祖父的恐吓和专制被抛到九霄云外，直到曲终人散才意犹未尽十分不情愿地回家。母亲和姐姐狠狠为奸骂他吃饭拉痢光知道回家领粮，弟弟有时也狗仗人势插两句。唯有我当他父亲尊重，不时赢来求援的目光。我手中的小说狠狠扣在大锡茶壶上宣布：吃饭。全家鸦雀无声，装饭夹菜咀嚼声此起彼伏。祖父和我是村里屈指可数的文化人，我手捧一本厚书的姿态经常吓得父亲手足无措，母亲和姐姐虽大不以为然但终究没有跟我顶撞的勇气和信心，门板厚的书是谁都能读的吗？只是祖父为村人写对联查通书，可我这个高中毕业生没有因为读过数理化又说得一口流利的鸟语而在任何程度上造福村民。

高云是我的好朋友，我们向往富人的生活。高云说他的理想是当百万富翁，搞一块山头种上柑橘油桐棕榈，修一条公路上去，路大不大所谓，质量要好，铺水泥差一点柏油也行。山上盖一幢别墅，装牛头牌双保险门锁养条狼狗，再来一辆双排座轻型工具车，这辈子也就这么回事了。高云说着说着捡一块石头扔那篷子，石头落在水中远远够不着。

壮水河流到北城镇盆地渐渐平缓宽阔，上游汹涌冲刷下来的淤泥沙石长年累月堆积成中间一个小岛，跟我们学校差不多大。念初一那年还是荒岛，稀疏地长着灌木，杂草丛生。高云指着它说，将来我把它开发成庄园。这话讲完没几天就有人挥锄开垦，种上桃树，中间还盖了白色房子，跟高云设想的庄园没什么两样。我们念高二那年，主人用竹排将成筐成筐的水蜜桃撑到公路装上拖拉机。高云恨得咬牙切齿，更让高云发指的是主人居然面河撑起编织布篷，每天傍晚钓鱼专用，两把带轮子的可伸缩的鱼杆固定在伸手可及的地方，主人坐在小竹椅上抽烟，似睡非睡，好像还摆了一瓶啤酒。如果是老头尚可以原谅，但那人十分年轻，高云实在无法容忍，每天晚饭后散步到这里必不可少地要捡块石头扔过去。高云长得肥头大耳五短身材，助跑几十米巴不得人和石头同时掷出去，那石头总是轻飘飘掉在很让人痛心的地方，击起的涟漪漾到那人的眼皮底下已可有可无了。高云为此十分痛苦。拼命捶自己的脑袋，咿咿呀呀原地跺脚团团转。

我们散步的另一个必经之地是街上一栋鹤立鸡群的红色楼房，灯火辉煌歌声嘹亮，门虚掩着，主人爽朗的大笑和杯盏交错声旁逸斜出。门边石狮子的脖子和一匹狼狗的脖子用一条铁链连着，同样的张牙舞爪虎视眈眈，铁链的长度恰好是闲人不能窥私又不至伤及路人。印象中主人的裤子总差一个扣子扣不住，露出小三角红色或绿色的衬裤或短裤。主人极豪爽，左手向后捋头发右手与客人握手道别，红光满面神采奕奕。客人先后钻进小车屁股冒烟走了，主人哈哈大笑转身进去。那些车大小高矮不一，都不拖斗。专门拉人的车拉来的人肯定就是个人物，这我们懂。我们不懂的是这主人是什么官儿，问对面布店瘦骨嶙峋的老头，老头也愣着看告别仪式，柜台上的布匹捆斜了，只好摊开再捆。我说，老板那人是什么干部你知道吗？高云指着说，就那狗的主人。老头布捆斜了正在火头上，说，主任。

什么主任？我和高云问。老头停了手中活计瞪着小眼珠大声呵斥：

什么主任，一个公社就一个主任这都不懂，还念书。

你猜对了，我向往主任的生活。顺便说一下，我和高云从不晚自修，我们不想上大学。不想上大学不等于不想过上好日子，我祖宗八代什么大事不想干并不妨碍他们对未来想入非非，为不断的改朝换代层出不穷的大人物大变革激动万分，结果是一拨人取代了另一拨人享尽荣华富贵他们依然故我。我跟列祖列宗没什么两样，相信三十年河东四十年河西，皇帝轮流做，明年到我家。

我说过我向往富人的生活不等于我要勤奋读书或勤劳致富，这是两码事。我大舅至今还是把同意写成冈义，他认为写冈义比写同意更符合我党勤俭节约的原则。大舅冈义批了几十年文件和发票从未出过差错，他一辈子忙于革命没时间学文化这怪不了他。大舅坚持认为及时行动起来在人的一生中比什么都重要。大舅说，你很难设想我当年不参加革命现在会怎么样。

我和高云的理想一致但对手段的理解大相径庭：高云崇尚奋斗，我寄希望于偶然。高考结束了我既没有金榜题名的奢望也没有复读的打算。高云更干脆，毕业考一完卷起铺盖回家开荒种果，我参加高考纯粹是为了安慰祖父，村里还没出过大学生，高中毕业尚且光宗耀祖，高考落第没什么好丢人的。父亲在拐子剃头店吹嘘的唯一一件事就是我家老大考北京大学。种田为吃新，念书为进京，北京是个空洞又遥远的概念，可望而不可即的北京二字引起包括拐子在内的一片恐慌，噢的一声瞠目结舌，拐子固定在一米六，左手拉顾客耳轮右手悬刀许久没有恢复一米七。有没有考上对他们已经不重要了。

八年后回忆起1983年的那段时光我百感交集。夏收夏种那几天全家忙得像尿急了找不到地方，高云说连撒完一泡尿的工夫都没有，裤裆老是湿的。祖父搬把小竹椅坐在晒谷坪，戴硕大的草帽，持一杆长竹鞭赶麻雀，虽然也打瞌睡但比稻草人强多了。这种情况下我还趴着读小说总有些难为情。母亲忍无可忍，在给祖父盛饭的间隙说别人家的稻草人下田当人用，我们家还有人吃闲饭。祖父一声干咳把她噎了回去，怕有矛头直对祖父指桑骂槐的嫌疑，母亲忍气吞声不再说什么。弟弟以要做作业为由企图罢工，一支新买的铅笔即刻被愤怒的姐姐撅成两段。村里大队支书大队长也有责任田，大队部就没人接电话没人夹报纸没人抹桌子没人泡茶给公社干部喝。年轻的支书找上门来，在我满是霉味与湿气的房间里促膝谈心，他翻开几本因潮湿而粗涩的书抚摸着感叹一番，说共青团是党支部的助手什么的，然后问我哪一年入的团。我说初三那年。支书说团支部就要改选了，你当书记挺合适，最近几天先去适应工作。支书一大串钥匙中旋下一把摞在我手心，拍拍我屁股诡秘地笑一下就走了。

为什么不拍肩膀拍屁股这一点让我疑窦丛生，在那种情况下，我除了领下钥匙去大队部读报纸消磨时光，与母亲避免冲突，减轻良心的谴责，我还能干什么呢？

民兵营长朱良当过一年兵，他自己说是部队整编回来了，不信退伍证拿给你看。拐子剃头店的传闻却大相径庭：他患有夜盲症，晚上拉练走田埂每次掉下水田一头泥，只好退回来，叫病退。只当一年兵的民兵营长军装还是有的，民兵在晒谷坪排队训练，听一身绿军装扣了风纪扣，脚踩解放鞋的营长左转右转地喊自有一股威慑力。民兵营长朱良凑在昏黄的灯泡下哈腰疾书着什么，我说写什么呢营长。他说征兵，噢吴人你要去试一下，高中毕业团员弄不好提干呢。当军官这样的美差太遥远，我关心的是在哪当兵。朱良说厦门，县武装部开过会了今年兵种最好，厦门是个好地方，特区，街道两边全是玻璃。

现在，公社改成乡政府，大队改为村委会，官衔随之而变。全乡二十几个村委会，朱沟村的班子是最团结的，经常受县乡领导的表扬，尽管我们的工作毫无出众之处。朱沟村朱吴两大姓，朱良当支书，我当主任，从没红过脸，至关重要的原因是我一直视朱良为恩人，且不说退一步海阔天空让三分风平浪静，滴水之恩当涌泉相报不是？

祖父对我不劳而食长此以往何以为继提出质疑，眼珠子在眼皮里转来转去，等待我为自己的游手好闲自圆其说。我说我要当兵。祖父慈祥地闭眼坐着不动，睁开时一口绿色浓痰已准确无误地落在我左脸。祖父年轻时被抓壮丁，抢过山民的母鸡和蕉芋粉以为我不知道，子弹似的浓痰激起了我对老土匪由衷的愤慨。我没去擦，站着不动，觉得即将成为中国人民解放军战士的我没必要跟老土匪一般见识。老黄狗闻讯赶来兜圈找了半天才弄清楚目标在我脸上，犹豫了一下后腿直立趴在我肩上伸出舌头来舔。我就那么站着，陡然弯腰捉住老黄狗的后腿抡了一圈将它甩出大门，无辜的老黄狗卧在门口泥地上弓腰拱了几下头，但终于没有站起来。老土匪祖父硕大如盘的砚盘狠狠砸在我逃离的臀部，骂：讨债鬼。母亲捡起完好无损的砚盘撩起衣襟擦了摆回原位说，在家吃闲饭不如让他走了省心。祖父一扫几十年如一日养成的斯文骂道：

你晓得个屁，好男不当兵好女不唱戏，好汉不当兵好铁不打钉。他要找死，吃老鼠药、割脖子、跳塘，哪里死不得？一定要死在外头？老古言还说，父母在不远游呢。

民兵营长朱良带了接兵部队一个山东大汉来我家的那天，家里挤满了人。山东大汉穿崭新的军装，鲜亮鲜亮的，与电影上或小人书上英勇的解放军形象基本相符。父亲背剪双手靠墙看热闹，朱良拨开一群孩子引大汉介绍说这是吴人的父亲，这是接兵部队赵排长。父亲没想到这事跟他还有瓜葛，一下子不知所措，抓下瓜皮帽捏捏，戴上又抓下，赵排长伸出右手，父亲愣了片刻倏然戴上瓜皮帽出动两只手去紧握。赵排长说你同意吴人去参军吗？父亲对这突如其来的陌生问题从没有思考过当然无法回答，眼光不由自主地转向闭目养神的祖父。赵排长附祖父耳边说，老人家你同意孙子去参军吗？祖父表情木然不予理睬。朱良告诉赵排长说他睡觉了。祖父睁眼瞪朱良说，放屁，你才睡死了呢。值得欣慰的是老土匪听得懂普通话却讲不来，如此这般，赵排长征求家长意见这一关就懵懵懂懂地通过了。母亲见朱良前呼后拥领了军官来，翻箱倒柜找几块钱买了鱼皮花生，借了邻居开水准备招待客人，发现两包鱼皮花生少了一包，几个目击者举报说是吴丁拿走了，母亲撂下开水瓶拔腿追了出去，等她拎着弟弟的耳垂和只剩三五粒的塑料袋回来时客人早散了。母亲飞起一脚踢弟弟吴丁腰眼，他趔趄几步才站稳。姐姐乘机捞走另一包。

我问朱良，八年前你拼老命帮我当了兵到底怎么回事，我跟你非亲非故无冤无仇呀？支书朱良说，到底还是为自己，朱沟大队快十年没人当兵了每次武装部开会免不了被训一顿，好不容易逮到你个高中毕业生哪能放过，公社陈部长一高兴给我一盒良友烟。我说又被他抽回去了。朱良说但是性质不一样。

体检那天朱良在县民兵训练基地楼下吸烟晒太阳急促不安，我在楼上一丝不挂量身高体重。因纵欲过度一脸晦气的医生在身高一栏写下159.5cm，我知道大事不好，我说我初检是一米六的。医生耷拉着眼皮说：下一个。我连滚带爬将噩耗传给民兵营长朱良，朱良屁股下像装了弹簧，突地弹起来一边攂脑袋一边东张西望找陈部长。我站着干瞪眼仰视朱良在六楼走廊上给陈部长敬烟点火，双手胡乱比画慷慨激昂加低三下四的模样。他们从六楼下来，陈部长哪里弄了一张新体验表给我，说，你真是个地瓜脑袋，量身高就不会踮一下脚尖吗，啊，还高中毕业呢？朱良又拔一根良友敬他，陈部长一把夺过来塞自己口袋里，说：本来就是我的烟。

1987年冬天我已经光荣退役了，入了党立了功的退伍兵在家过了几天，跟入伍前有惊人相似之处的生活。所不同的是祖父已光荣归天了，我当仁不让地坐在老土匪当年看通书的地方重操旧业读小说。再一点不同是，陈部长和民兵营长朱良都当了书记——乡党委书记和村支书，这一点对我很重要。坐在正厅中间望出去视野开阔心旷神怡，有助于回忆辉煌的历史，这个发现让我瞬间理解了老土匪为什么要常年坐在这里目中无人。照道理父亲应该取代祖父坐在这个位置上，事实上不可能，很难设想父亲傻呵呵地坐正堂捏瓜皮帽会是怎么一个情景，拐子剃头店才是他的归宿。立了功入了党的退伍兵坐在祖父的位置上读《射雕英雄传》，一脸大义凛然的人民功臣姿态让路人叹为观止。父亲刚刚摆脱老土匪由来已久的恐吓，如今又陷入对年轻功臣的惶惑和敬畏中。退伍回来那几天正是秋收季节，我整天与郭靖黄蓉东邪西毒南帝北丐中神通为伍，不再像从前三分气短心惊胆战，我心安理得地坐着读小说，累了提起祖父遗留的狼毫大笔在旧报纸上反复练习我最熟悉的一行字：厦门市32842部队。村人或者忙于农事或者习以为常不再理会我在干了些什么，时光似水伴随他们来去匆匆的脚步在我眼前飘浮而过，部队的生活习惯及军功章的荣耀随金秋飒爽之风离我远去，我逐渐步入虚幻和迷惘的境况中无法理喻往后何去何从。

一个月后的黄昏我读完了带回来的所有武侠小说，正对剑客侠士为何在中国绝种百思不得其解、抚头沉思时，父亲站在我对面挡住了天井漏下的些许光亮，我的视线一片模糊而沉闷，抬头望父亲，他的脸概念不清仅是一幅逆光下的剪影。我知道他对我坐吃山空的行径义愤填膺，但我不相信土匪的儿子敢对解放军的功臣耀武扬威。父亲说朱良让我喊你晚上去开会，党支部开会。

原来的大队支书南下发财民兵营长当了村支书。村部会议室坐满了人，昏黄的灯光下烟雾缭绕分辨不清哪张是谁的脸，使党支书富有神秘色彩会议更加庄严。朱良说大家都到齐了，就差你一个，开会吧。今天传达贯彻县委关于转发地委关于转发省委关于组织党员同志学习严厉打击刑事犯罪活动的有关文件精神的通知的通知的通知。吴人你站着干吗坐过来。杀！杀！靠灶头的角落响起惊天动地的呼喊：偷东西睡姑娘的都要杀。

大家纷纷调头看一个眼睛如豆的嶙峋老头激动地表态。朱良用汽油打火机敲敲桌子说，静一下静一下，先学习后讨论。朱良先用普通话念了一遍又用土话念了一遍文件，然后说请大家发言。大家争先恐后发言，意见十分一致：杀。朱良最后说行啦行啦听听我们支部最年轻的党员的意见，吴人你说说。我套用了一句伟大言简意赅的话说，严打有顺乎天理应乎人情适乎社会之潮流合乎人群之必要。朱良说就完了？我说完了。大家嗡嗡地议论起来没人理会严打，全力以赴讨论我的话是什么意思。朱良说眼睛一眨老母鸡变鸭，真看不出你当兵还真长学问，我跟陈书记——就是那个陈部长说说让你当村主任算了。我说承蒙错爱感谢栽培。朱良说你当兵丢词丢惯了，狗改不了吃屎。

　　那天乡政府开欢送新兵座谈会，请五个退伍老兵一起嘬一餐，叫迎老送新座谈会。晚上酒足饭饱后陈书记说，我单独跟你谈谈。大体上的意思是朱沟村重要村主任的位置重要，总之要当好，陈书记说有什么困难吗？我掏出事先准备好的几条烟摆在桌上说，这是厦门带回来的骆驼海马喜洋洋，都快发霉了，我家没人抽烟，陈书记你帮忙抽了，浪费了可惜。陈书记说老朋友了不客气，这忙我帮了。握手道别时他拍拍我肩膀说，老子用人就用当过兵的，办事干脆、令行禁止、纪律性强、有事业心、吃苦耐劳，吴人你说对不对？我说对，陈书记我最讨厌酸溜溜的臭知识分子了。陈书记哈哈大笑说，明天我就开党委会研究，你放开干吧，干他个天翻地覆。陈书记跟大学毕业的戴眼镜乡长弄不粘，这一点对我也很重要。

现在回忆似水年华我的确有些后怕，人生的路很长，关键的却没有几步，谁说的我忘了，但话说得在理。不当兵就当不了村主任，就没有今天的幸福生活。

全国改革开放的形势一片大好不是小好，朱沟村毫无动静岂不与中央的精神不一致？陈书记说咱们退伍兵做事就要有魄力，朱沟村两把手都吃过军饷，工作不起色能不遭陈书记耻笑？我跟朱良交头接耳了好几天，决定办一个木刷厂，专门生产长木柄猪毛刷供城里人刷马桶和单位刷便池之用。办厂的宗旨有四：响应了陈书记关于退伍兵就是有魄力的号召；木柄和猪毛原料充足；城里人由公共厕所转为单元房，马桶产品肯定畅销；村里几个鸟人整天无事生非偷鸡摸狗不要紧，要命的是公安局每次来几个人招待费不要百八十块？权衡利弊让他们办厂，就算亏本也比让公安局白吃白喝强得多。第一批产品出来我和朱良用拖拉机拉了一大捆去乡政府请乡干部试用。陈书记踢踢说，干啥的这么长？朱良说刷马桶的。陈书记噗哧一声笑起来说，你们书没念几天怎么也这么呆，你看我们乡政府的厕所脏到铁锹都铲不动，你这毛刷还管用？拉回去锯短了再拉来刷皮鞋用，乡政府干部职工二百八十四人算好了。

木刷厂自然赚不了钱，问题是办了企业所有的开支就显得

顺理成章理直气壮了，陈书记来一趟也用不着担心脸红耳赤会
影响不好。

　　省报记者来采访写下通讯《昨日军中两用人才，今天农村致
富干将》。我心情舒畅，创作了散文《我的厦门》让记者转交给
副刊。记者说这题目大了点。我说不大，别人还写我的祖国呢。

　　　　　　　　　　　原载《解放军文艺》1992年第6期

五色花

　　夏季的雨颇似娘们儿的眼泪，来得突然又断断续续没个了结，雨天给百无聊赖的游手好闲之辈提供了理直气壮的借口：不玩干吗呢？

　　店门口一盏灯泡在细雨飘飞中整日地亮着，掌灯时分这家店就上了板，没有行人在意旁逸斜出的笑声，里边兴高采烈的主人于是有了理所当然的意味。

　　"我觉得人吧干什么事都要刺激，比如我家老爷子，干了十几年还是副县，没盐没味怪别扭的。"

　　小逸收拾桌面，骑手拍拍掖在胸袋里的一沓票子吐出一轮大烟圈，再一个小烟圈迅速从中穿过，然后满脸惬意地说着这样的话。

有一些游戏能让穷人立即富起来，当然，也能叫富翁顷刻沦为乞丐，因此特别吸引人。特别吸引人的东西准能使一些人家破人亡背井离乡。这很正常。朝着同一方向走，功成名就与身败名裂并不遥远。我们哥们儿谁也不想叫谁倾家荡产，但有一沓一沓钞票来回穿梭，这种游戏就能提神。非常遗憾的是社会上给它取了一个不是十分动听的名字：赌博。拳击车赛攀援绝壁等等又不叫赌博，叫运动或比赛，区别在于他们的钱给得相当文雅，不像我们这样没文化，把钱摆到桌面上来。

骑手有文化，国家重点大学本科，货真价实的学士学位，名副其实的知识分子。在单位是副局级，算不上党政领导最起码也是部门负责人。骑手住在政府铁门内，我们称他"衙门中人"，相形之下自己就只落得"草寇"。晚上我跟阿球找他玩两盘，阿球见铁门内传达室门口黑板上写着：

晚八时召开抗洪救灾紧急电话会，请各部门副局级以上领导准时参加。

即日。

进来骑手家门口，阿球以无比威严不可抗拒的节奏敲房门，骑手老婆李老师果然露出美丽动人的头说："开会去了，说不准什么时候回来。"

阿球垂头丧气往回走，传达室一个半老头子威风凛凛指着我们问："干什么的？"

阿球说："你刚来的吧，连我也不认识？"

半老头子说："你找谁？进来进来说清楚。"

阿球指尖点着对方人中骂："老子不怕你！老子的老子在政府工作！老子怕你！"一句一个惊叹号，不把对方镇住誓不罢休。

半老头子眨巴眼睛愣着，我们乘机溜之大吉。阿球愤愤不平："什么玩意呀狗仗人势，当年我一泡尿还撒在县长大腿上呢。"

阿球的爹曾在政府食堂烧过锅炉，而且早就死了。不管怎么说，近朱者赤近墨者黑，衙门中的规矩他也是略知一二的，比如他知道按国家部厅处科套，骑手他爸是副处而不是副县，骑手本人仅是副科。能否定骑手不是"党政领导"只能叫"部门领导"或负"部门责人"。

阿球这些话是当着骑手的面讲的，当时骑手吊着二郎腿吐烟圈，听了这话十分不满意。放下腿坐正说："阿球你发不了财就是缺乏长远的战略眼光，什么都得有个过程不是？"

小逸端一盘炒田螺过来，骑手伸手捏一个扔进嘴里，太烫，吐在掌心托着，"算了，跟你讲也不清楚的。"不屑一顾。

我们都觉得骑手跟我们这帮人一起赌博不妥，影响不好。

骑手安慰说："我认为这是一种高级的娱乐活动，全身心地投入有利于心身健康。赢了出酒钱吃了舒畅喝了安心谁也不欠谁，反正我们钱出人不多闹着玩。"骑手补充发问一句："难道你们还会告发我吗？不可能吧。"

阿球傻傻地点点头："那当然，那当然。"

能把认识统一到骑手的理论上来就好了，可惜不是谁都这样认为的，骑手他爸就不是。那天他老人家坐在我对面，十指相叉搁在桌上，先表扬了我一通创业可贵自谋职业为政府分忧光荣之类的，然后清一下嗓子说："罗旋会赌博。"庄严肃穆的眼光在我脸上左右探索，脸上是条子"你被逮捕了"的表情。

我泡好一杯茶双手端在他眼下，尽量装得吃惊："是吗？我可没听说。"

他说："赌博是好是坏不用我多讲，可不是开玩笑的。我们是什么家庭？罗旋是什么人？蜀魏，你从小就乖巧听话，罗旋你要支持他与坏人同流合污就不好了。"

握手道别时我说："我问一下是怎么回事儿，好好劝他改邪归正。"

他说："蜀魏，你是聪明人，老罗叔的意思你不会不明白。"

弄得我惭愧万分无地自容。转身见小逸掩嘴大笑，骂我："又要当婊子又想树牌坊，还装得人模狗样的。"

没有人会在青少年时代把做小本生意树立为自己的远大理想，包括我在内，问题是大家都知道理想和现实是两码事。王侯将相宁有种乎？跟你一样，我也把成名成家当理想并凭干枯的想象力将它弄得天花乱坠。按当时的设想咬紧牙关干下去，兴许现在已出落成酸溜溜的半桶水文人，挟着本书不时推推眼镜招摇过市。目前我仅仅是千千万万个下了点毛毛雨发了点小财的小商人当中的一个。这个结局我始料不及。

是从什么时候开始堕落为商人的已查无实据了，就像闹不明白猴子哪天开始变成人。至少，事情还得从高中毕业班说起。

那天晚上我们没去自修。先是偷偷摸摸地跑到河边草坡上坐了一会儿，然后慢慢散步回宿舍。路上阿球慷慨地掏钱买了一瓶德州高粱掖在内衣腋下，双手插裤兜一路吹口哨。罗旋乒乒乓乓找出四个大小形状颜色各异的容器放在草席中间装酒，阿球龇牙咧嘴咬开瓶盖咕咕地倒。

容器太小挥发快，小逸摸出皱巴巴的手帕捂住鼻子皱着眉头喷嚏连天。我、罗旋、阿球煞有介事地碰杯喝了一口，罗旋辣到直吐舌头吸冷气双手乱抓，我也觉得不行，第一个念头就想吃东西。于是，四个人凑了八角六分钱打发阿球去买花生米。

罗旋就是从那天晚上开始叫骑手的。关于诗社的名称，在河边草地上就定了。我们好不容易找到一块没有羊屎的地方盘腿坐下，河水黑黑的翻滚着泡沫空空荡荡，不要说垂钓的渔翁了，连一只鸭子也没有。对面的村子一片乌黑，背景是浓烟滚滚的合成氨厂再背景是光秃秃的山顶，没有棱角也没有色彩。在歌颂烟囱林立和咒骂环境污染的两难境地之间，文人无所适从。

阿球很不耐烦地说："你们念首诗吧！"

小逸咕咚吞下一口唾沫，念道："在深渊的边缘上，你守护找每户个孤独的梦——那风儿吹动草叶的喧响。"

罗旋目光四散地接着念："太阳在远方白白地燃烧，你在水洼旁，投进自己的影子，微波荡荡，沉淀了昨日的时光。"

我念："假如有一天你也不免凋残，我只有个简草的希望，保持着初放时的安详。"

有一种说法，说八十年代初期走在大街上随便拍一个人的肩膀问："喂，你是干吗的？"

他肯定回过头来告诉你："写诗的。"

那个时候的我们更是豪情万丈，四个人的书包里都装着一本厚厚的手抄本，密密麻麻抄满舒婷北岛的诗。小逸用钢笔画上扉页和插图。聪明的小逸寥寥数笔就勾出一叶扁舟、几只海鸥、几朵浪花或一个男人的侧影、一个少女的头像，精巧之至让我们爱不释手。如今，回忆起这些往事，阿球会咬牙切齿地痛骂一句："去他的学生时代！"双眼即刻饱含热泪。我们知道阿球胸中有无限的愤懑，谅解他用一句粗话来概括往事。

我们三人念完这首《五色花》，阿球一拍大腿第一个站起来，说："我们诗社就叫五色花吧？"接着来一句："走吧，路呵路，飘满红罂粟。"

我们是在蚊帐里讨论的笔名，我们觉得写诗总要有个笔名才好。阿球跟小逸的名字本身就非常诗意，不用另取。我跟罗旋的名字比较粗糙，有必要加以改造，使它更接近诗人。

小逸说："吴蜀魏正好是三国，就叫三国好了。"

阿球拍她马屁赶紧说："对对对，很好很好。"

我的笔名就叫三国。

罗旋比较麻烦。阿球自作聪明："干脆加个腿字叫罗旋腿怎么样？"

小逸骂他放屁，阿球不好意思起来。小逸按他的思路想下去，惊喜地说："有了，谁会罗旋腿？骑手。叫骑手大家有没有意见？"

罗旋耸动肩膀大笑，说："很好，容易让姑娘联想到白马王子。"

我们都有了笔名，皆大欢喜。我们决定为一群诗人的诞生庆贺一番：我摸出床头的口琴吹起来，未来的诗人骑手以钢汤匙敲牙缸伴奏，也是未来的诗人阿球、小逸边唱边鼓掌。先来一首《祝愿歌》，再一首《我们都是神枪手》，再一首《北京有个金太阳》。阿球普通话不准，把金太阳唱成"金鸡笼"。两人扭作一团，乐不可支。

真是乐极生悲，班主任小地瓜一脚踹开宿舍木门，大喝："是谁，这样放肆？"

房间里顿时鸦雀无声。骑手慢吞吞地探脚下地找鞋穿上，抬头说："章老师是我。"

小地瓜愣了很久，缓过气来温柔地说："好自为之吧，前途比什么都重要。"

骑手他爸在铁门内分管道德情操，骑手完全可以读一中，何必来二中受难？我们不解。骑手说："这你们就不懂了，在这里我是尖子，在一中只能是平庸之辈。再说一中干部子弟太多，老师不会重视的。老爷子这样安排正合寡意，有钱花又自由自在。"

小地瓜要从乡下调上来，七弯八拐找到骑手他爸，每次送地瓜干，弄得骑手家里每个角落都是地瓜味。小地瓜平时讲话细声细气难得发火，兴奋起来哼几句地瓜味十足的什么闽剧，又长得小鼻子小眼。我们背地里叫他"小地瓜"就感觉十分的贴切，有种心花怒放的愉悦。有了这层关系再加上骑手各科成绩都出奇的好，尽管骑手平日里一副朽木不可雕烂泥糊不上壁的刁模样，小地瓜断然不敢轻易批评他的。这次看来实在是义愤填膺忍无可忍。

第二天上课小地瓜还指桑骂槐："我认为，躲在蚊帐里谈理想谈抱负很可笑，大学未取乐从何来，有什么好庆贺的？"

小逸坐在我身边，推过来一张作业纸，写着"他全听到了"。

这事不知怎么的让同学们知道了，而且越传越难听。有王张江姚四个人几年前从权力的顶峰滚下来，也是三男一女，因此关于我们的议论就不怎么美妙。渐渐地，全校把想当作家诗人叫"蚊帐里的理想"蔚然成风。

学习委员谢小刚全班叫他鼻涕虫，一见小地瓜就哈巴着脸打小报告，整天踩着他的后脚跟，就像小地瓜整天满脸堆笑仰着头跟高个校长面条汇报工作一模一样。鼻涕虫后来师专毕业当了小地瓜的教导主任，把个小地瓜管得团团转，这是后话。鼻涕虫特喜欢给坐在他前排的长脖辅导功课，你猜对了，长脖是女同学。那天活动课我们在走廊上玩拱猪，鼻涕虫给长脖辅导。阿球正巧回去听鼻涕虫在说："你不要读那么多小说了，像他们蚊帐里的理想有什么出息。"

阿球站在他们身后冷不丁大声说："喝，地下党又在分析敌情了。"

长脖的瓜子脸和长长的脖子同时涨红了起来。鼻涕虫一声不吭，出去了，搬来小地瓜。小地瓜揪住阿球领口让阿球原地打转，说："竟然敢辱骂班干。"

阿球双手护住领口梗着脖子说："我没骂，没骂。"

小地瓜说："还敢嘴硬，写检讨！"

骑手惊诧地老远跑过来说："章老师，是我跟谢小刚吵着玩的，不关童阿球的事。"

小地瓜还想呵斥阿球，见面条背剪双手从走廊那一端踱过来，忙说："你们还不进去自修？"扭过身去堆砌起脸部肌肉亲密地喊："校长，你来了。"

我感到无比愤恨，鼻涕虫也敢取笑我们？哼！心中满是阿Q被小D欺负的委屈。

骑手家里有一台废弃的打字机，小逸跟她姐姐学过打字，丫头认认真真地考究了一番字盘，哗啦哗啦试来试去居然也能用。小逸在诗刊封面中间用钢笔画了一个飘逸的飞天；左边写着"诗神万岁"；下边一行是：编委三国、骑手、阿球；在右边留了一大块作题词用。

阿球说："能请骑手他爸题词我们的刊物就有分量了。"

小逸夸阿球："这是你有生之年所说的最聪明的一句话。"

可是，讲到要见领导我跟阿球就三分气短膝盖骨发软大腿直哆嗦。小逸一拍还不怎么丰满的胸脯说："本姑娘亲自跑一趟。"很有穆桂英挂帅的巾帼气概。

我们先在骑手房间闲聊，有一搭没一搭地东拉西扯，不时被他爸的慷慨陈词和朗朗笑声所打断。等他爸送走最后一个客人后，小逸一马当先出来说："老罗叔有事求你。"吓了他一跳。

骑手他爸翻看了一下诗稿，可能是"沉思的燕子掠过老态龙钟的新房子"之类的诗句不太看得懂，直皱眉头。然后问四个编委是谁，小逸答："小逸是我，骑手是我们班同学有事没来，三国和阿球都在里面。"抬头高呼："喂，都出来嘛。"

我们战战兢兢出来，半个屁股挨着沙发，双手合掌插在两膝间。骑手他爸看没自己孩子的份就放心地说："我不反对你们搞课外活动，只要不影响学习，啊。题词可以，但不能挂我的名字。"

我们唯唯诺诺。他起身蘸蘸毛笔，抽出一小张宣纸，沉吟片刻写下行书"五色花"三字。小逸迫不及待展开双手低头放气吹着。

骑手他爸说："干了再拿吧。"

小逸说："不要紧的不要紧的。"

我收起诗稿，阿球开门，小逸就这么双手展着一起落荒而逃。骑手站在楼梯口假惺惺地道别："同学们有空来玩噢。"正人君子似的。

创刊号《五色花》散发到同学们手中，全校议论纷纷。骑手他爸有题词的嗜好，他的书法小地瓜自然认得，小地瓜采取和稀泥的态度，对这事不表扬也不批评，隔岸观火看热闹。

小地瓜跟班我们高中两年，我们的座位就地图一样固定不变，小逸自然在我左边坐了两年。前排的小不点一个暑假长成企鹅似的彪形大汉一脸青春痘照样坐前排，我们坐后排的不长个天天伸脖子扭腰看黑板，弄得心情压抑。我左手特别不灵活做什么事磨磨蹭蹭的不利索，估计是它长期跟女孩子接触养成墨守成规的良好习惯，还有脖子喜欢往左拧，眼睛稍往左斜也同理可证。该死的小地瓜要诅咒。

英语老师板书翻译的译字左上角老少一点。阿球的英语成绩最优秀的一次是零分，他喜欢乱填选择题，一倒扣就出来负分，他后来聪明了一个字不写，于是有了零分的好成绩，全班的平均分因此有所提高，女老师也表扬他有进步。阿球对少一点的译字不满，他坐最后排上课读小说，累了抬头看那译字很愤怒。这天他忍无可忍，憋足了劲啪的一声，一道白色抛物线越过众人头顶，准确无误地弥补了那一点。女老师高度近视，正贴紧黑板龙飞凤舞，觉得异样扶住啤酒瓶底眼镜凑近细看，白色液体缓缓下流，女老师惊愕了许久，突然"哇哈哈"地叫着往外逃，到门边被扫帚绊了一跤一个趔趄险些跌倒。小地瓜及时地咚咚咚咚进来，小巧的五官挤在一堆，金边眼镜看上去像架在嘴唇上。他从同学们的目光里立即揪出罪魁祸首。小地瓜不说话，捡起一支粉笔拗断，右手一扬哒的弹在阿球鼻梁，阿球以掌相抚，小地瓜以迅雷不及掩耳之势又哒的一粒弹在阿球脑门。像审堂的县令将黑板擦当惊堂木一拍，然后五官各就各位又咚咚咚出去。同学们沉寂片刻"哄"地欢呼起来，围着阿球掰开他的手研究光荣挂彩的伤口。

打那次起，我们清醒地认识到小地瓜身怀绝技，不敢贸然惹他生气。女师喜欢留学堂，打那天起不留阿球，她布置完作业宣布："同学们要做完后才能去吃饭，童阿球可以例外，反他做不出来。"

阿球也不恼，慢慢收拾小说文具从后门出去。他是我们班吃饭最准时的。

有次看电视，小逸说娃哈哈儿童营养液的"娃哈哈"听起来特像英语老师那次被浓痰吓出来的叫声。我回忆一下的确非常像。两人都嗤嗤地笑了起来如漏气的车胎。

小逸不是那种秀气逼人男人一见脸红耳热，走在街上回头率很高的姑娘。但小逸很耐看，起码我自个认为她很耐看。那头披肩长发，伴随着她虽然年轻也说得上坎坷经历的披肩秀发是一部深奥的哲学著作，高深莫测回味无穷。梳羊角辫的年龄她披肩；烫头发的年代她披肩；时尚学生头的时候她披肩；如今披肩长发时髦了，她还是披肩。在我印象中，她的长发没剪过也长不了，油光乌黑有绸缎般的质感。她不管在低头忙什么，蓦地一抬头长发往后一掠准是个莞尔的微笑。这个动作扣人心弦，鬼使神差地让我刻骨铭心。

每每我在异乡他地的寂寞时光，或深感人生坎坷孤独无助时，小逸就像涓涓细流滋润干涸的心田，缓缓地探切地带来新机与希望，唤醒沉睡的信念。宛如残冬阳光中取暖的老人惊觉桃树枝头的一点新绿和脖颈上的小片温馨，启示着春天的来临。

一位愤世嫉俗的诗人朋友痛骂满街的人渣，我觉得的确如此。现在的年轻人，怎么说呢，总之男人装深沉女人装天真。骨子里呢？只有肚量没有胸怀的男人太多；好高骛远又脏又蠢的女人太多。你看到了，有的女孩子脸上天天用面膜，牙缝里塞满青菜渣；有的女孩子染指甲，里边一层污垢。她们惊惊乍乍地遇事往男人肩上一靠了之。一边读琼瑶岑凯伦的纯情小说，一边算计男人的住房存款。哲人说男人是女人的靠山，女人是男人的学校，想想可悲，这样的学校会培养什么学生？女人可以穷，可以丑，可以老，可以坏脾气，但不能脏。女孩子要柔情似水，心净如玉。我时常想，妓女未必龌龊，少女未必纯洁。

我这样高谈阔论十分不应该，道理很简单：其一，在别人眼里我是人渣，那位诗人也是人渣；其二，一个光棍对女人说三道四总让人觉得只有论点没有论据。我们的店面处在最繁华的北大街，楼下餐厅，楼上套间，我睡外间小逸睡里间。人们普遍认为我们是同居，而且非法。一对年轻的男女个体户搭伙做生意又住在一起不是同居是什么？事实上我们没有那种意义上的同居，真的没有。小逸一贯苗条肚子不见长并不能说明问题，当今社会避孕科学日新月异。真实情况是小逸很坚决，她说两张床并到一张床不仅是仪式的问题，而是契约，心灵的许愿，是人生的一大课题，很严肃的。说我心冷如铁也不真实，心潮澎湃在所难免，但小逸一句话，一句简简单单的问话就能让我回心转意。她说："这就是爱情吗？"振聋发聩的发问逼着我松手心静似止水。是，我们的骄傲我们的自豪我们的财富我们的信仰就是爱情，我不愿因小失大一时冲动破坏它。

别人不相信我们的爱情，我们的父母尤其不信，他们说感情可以培养。然而我们相信爱的感觉，珍惜情窦初开的可贵。我们来到这个世界，并没有给父母带来惊喜，我父亲为首的红字派，小逸父亲为首的新字派正以武器的批判代替批判的武器打得不可开交。从此，两家结为仇人。他们从双方给我们施加压力，要吗断绝来往，要吗不认关系。

我和小逸毅然放弃父辈的恩怨选择自己的生活，将以实际行动证明自己的正确再回过头逼他们认账。为父母高兴已不是生活的内容。

由于小逸的美丽妩媚温柔周到，招揽了顾客撑了门面而生意兴隆，这一点我不回避也不容置疑。特别是在夏天，开襟很低的汗衫，项链的坠子正好镶在乳峰凹处，一低头，男人见了心乱如麻。一些女人特殊的内容似是而非模棱两可隐约可见。小逸秋毫未损适可而止的打扮掏了顾客的腰包，我默认了不提倡也不反对。

男人们吃完竞相掏钱，找他的小票也不要，潇洒地一去不回头。我知道是冲小逸的笑脸来的。有人买卤肉，我们先问要不要切，要切的可以秤空些，切完打一勺卤汁垫上。也有故作内行要看秤星的，小逸大方地让他看，然后挖苦他："男子汉大丈夫这么计较，真想不到。"

那人脸红耳赤提着卤肉狼狈逃窜，小逸再甜甜的一句："下次再来噢。"

其实两三个秤砣在抽屉里卧着，有一个准的就了，专门对付工商局。小逸说："教孩子嘛，先给一个耳光再给一粒糖；对顾客嘛，先赔笑脸再敲诈。"

有时候她那低三下四满脸温柔的样子实在看不过去，吃客一走我拿白眼珠乜她。她就气愤，伸出双掌，说："没良心的，我为谁？"

那双手，曾经是丰满白嫩，十指修长精巧，手背有肉窝的那双手，如今布满厚厚的老茧，手皮层层剥落，粗糙而丑陋。十指连心，生活，轻而易举地改变这双手的同时，也使一颗天真烂漫的心粗糙起来。我自知理亏，惭愧地微笑给她看，心说，谢谢你，小逸。小逸不买账，撇撇嘴忙去了。

夏天是比较容易出点什么事的季节，薄如蝉翼的穿扮使欲望的掩饰显得艰苦卓绝。夜色沉淀了白日的喧嚣与烦闷，人流如雨露滋润后的韭菜不着边际地疯长，整条大街在灯火辉煌中就这么人头攒动摩肩接踵的浮躁而忙碌着了。

　　财大气粗的麻局长长辈似地揉着小逸圆滑的肩膀连干了三杯干啤,搁在她肩上的五指弹钢琴般的灵巧。同桌吃客大声喝彩叫好。握别时,麻局长拉住她的手反复搓着。我当时系着围裙在灶边操锅铲,心里在默数,正在考虑当数到十时是否一铲敲在那颗挂着两块大肥肉的脑袋上。幸运的是,数到九时局长松开手,在两人的携扶下蹒跚而去。这就避免了本店的倒闭和本人的一场官司。那天晚上我默默地洗碗筷、抹桌子、拖地板、封火炉、出煤渣,将凳子倒扣在桌上、关店门,最后点票子洗漱熄灯上床。始终不跟小逸说话,也弄不清她什么时候上楼的。我打开音响,童安格在唱:"爱一个人可以要爱多久?心痛在哪里才是尽头?花瓣雨,像我的情衷。"

　　我听到里面在抽泣,推推门,居然没有反锁,我进去。小逸对着梳妆镜咬住下唇哭着。

　　小逸有一人暗自流泪的习惯,我不明白,她年轻的心灵会有不可言喻的痛楚和伤感。我拖过一条凳子坐下,扳过她双肩,拉她的双手焐在我胸口,脑门相抵,即刻流下苦涩的热泪。我深深知道,失去小逸我将真正地一无所有。此刻,小逸泣不成声。

　　曾经崇拜北岛的我现在由衷地喜欢童安格,是那种心灵沟通的喜欢。北岛说:"一切都是没有结局的开始,一切都是稍纵即逝的追寻。"既然这样,干吗还要惊呼:"卑鄙是卑鄙者的通行证;高尚是高尚者的墓志铭"呢?平庸的生活平庸的人不需要那么多的忧患，负担太沉重生活太痛苦。童安格接近我，靠近我的心声。童安格唱："在唱什么在说什么，随便哼哼乱唱也没什么不可；随便听听乱讲也满不在乎。"多么好。他唱："随便说说说错也没什么不可，随便谈谈错也满不在乎。这是一首无所谓的歌，它送给无所谓的人；这是一群无所谓的人，享受着无所谓的歌。"多么好。那种迷迷蒙蒙的咏叹，断断若若的假音百听不厌。

　　每到一个地方，我靠两条标准来衡量当地的贫富。一是看女孩子是否包装得珠光宝气花枝招展。为什么不以男人为标准？这里涉及男人女人的一种质的区别。一个拥有十几个店面的大老板，他总是一身旧军装一双布鞋，与农民无异。每天傍晚骑一辆除铃不响一身都会响的单车，脖子上挂个军用挎包去银行存款。单车手刹始终很灵不易出事故，这样，一挎包钞票落入他手的情况一般就不会出现。他老婆却不由自主情不自禁地把自己打扮得妖妖艳艳，她万分不愿骑那辆破车，出门忍不住要招呼的士。男人女人表现自己的方式不太一样，假如女人也能含而不露，估计就是女强人或巾帼英雄一类的了。

　　还有一条标准是看摩托车，富者，满街玲木本田川骑木兰雅马哈首尾相接浩浩荡荡；穷者，偶尔有一二辆颤颤地晃来，也无非是嘉陵50，且肮脏破旧不堪入目。

阿球不以为然："没公路的山区就不能这么看。"

我大笑说："没公路山沟里的首富无非是过大年杀一口猪，一部本田车子的价钱对他们是天文数字。种地瓜种芋头种竹笋种水稻你相信会种出玲木王？"

至今赚了多少钱我不得而知，照猜买辆本田125问题不大。小逸封我为采购员，自封会计兼出纳，出纳才管钱不是？她千篇一律地用两句话回答我关于赚了多少钱的提问。她说："你想干什么，出国？嫖赌？"

"我这号人出国干吗，不是一样的洗盘子，弄不好还背死尸。你以为我是刘宾雁千家驹万润南吾尔开希啊。嫖赌倒有点想，就是不敢。"

小逸说："既然有自知之明就别问。"

别问就别问，其实只是想换辆好点的车，大不了这辆嘉陵70一直骑下去。想想有它的长处，省油、噪音小，便宜买来看着伤心锁着放心。再说天天钻菜市场浑身油腻腻的，车太豪华宛如西装革履挑大粪似的不必要。更何况小逸胆小，载她兜风骑太快也不行。

我建议骑手买辆好车玩玩，觉得他是劳心者，又是公款买车何乐而不为。阿球本着可以沾光的原则摩拳擦掌地赞成。骑手眯着眼，右手轻轻摆动，深刻地说一声"不"，好像否定他部下一个非常无知幼稚经不起推敲的提议般潇洒。骑手阐叙说：

"车买来肯定是两个局长骑，我是副职，那么两人骑的车就要我一人擦洗。车是公的，其他人能骑吗？比如你们也认识的老不拉叽自以为是的秘书，能骑，后果不堪设想；不能骑等于脱离群众孤立自己。机关干部骑摩托车，容易让领导产生搞第二职业或载第三者的猜测，有害无益。就算我的车是办公事用的，因车提高工作效率，领导因此就表扬我，同时以我批评别人，我岂不是遭人怨恨？"

骑手陈述完一大通理论，以指击桌猛吸一口烟犀利的目光扫视身边三张瞠目结舌惭愧溢于言表的脸。这些知识书上都没写，听君一席话胜读十年书，茅塞顿开豁然开朗等等说的就是这么一码事。

我虚心请教说："骑手修炼得如此炉火纯青，又能将马屁拍得尽善尽美，前途不可限量。"

骑手正色道："官场险恶世事如棋人情似纸，机关虽小，但五脏俱全，关系盘根错节，稍有不慎就遭人暗算。有人连基本的抬头礼都不懂，也想当官。比如拍马屁，就像打蛇，得七寸，过之或不及效果都适得其反……"

阿球搔耳扰腮早不耐烦了："算了吧，我们又不想当官。"

骑手说："国民党时候，韩复渠手下向他辞职，说当师长太难太苦了，韩复渠问，连当官都不会，你还会干什么？中国什么都缺，就是不缺想当官的人，有些人什么也不会想，当官的一套想得周到……"

我说："好了好了，玩两盘，喝两杯，睡觉。"

小逸一块绒布遮在桌上，阿球迫不及待伸出黑瘦的五指推牌，抓起第一张。

小逸一直以为我会有出息，也比骑手更出息。她讨厌骑手处处谨慎长得又温柔又妩媚的样子。小逸说："蜀瑰没出息世界没天理。"她还说："等你出息了再嫁你。"让人痛心疾首长吁短叹的是，我至今没出息，今后也不会出息到哪里去。怎么办？

那天，听有小女孩在喊"卤鸭卤鸭"，我探头看，一个灵秀的小姑娘正趴在灶边踮起脚尖往里瞅，一纳闷，鼻涕虫已笑眯眯地站在她身后。"听说老同学开店发了。"鼻涕虫扯着女孩找位置坐下："特地来尝尝。"

我说："怎么不招呼一下，我们俩好夹道欢迎。"

小逸听到小孩的声音像猫闻到腥味从楼上冲下来又摸又捏说："真漂亮真乖真听话。"小姑娘抬胳膊挡着一脸哭相。鼻涕虫让她叫阿姨，小姑娘抚着被捏痛的红脸蛋怯怯地叫了一下，声音充满恐惧比蚊子大不了多少，惹得我们开心大笑。看她的样子不像是鼻涕虫和长脖的产物。

我说："行啊谢委员，当了教导主任女儿又养这么大该满足了，几岁了？"

父女异口同声说:"四岁。"

小姑娘很懂事,已经知道挟鸭翅膀孝敬父亲了。耳闻目睹父女天伦之乐,我和小逸不禁停下手中活计,交换无奈的眼神,无言苦笑。

小逸牌玩多了也明白人生如赌,说不准的输赢,并没有规律没有必然。输也罢,赢也罢,不可太认真。源于此理,她一而再再而三降低出息的标准,也就是降低对我的要求。目标是越来越明确越来越可感了:钱攒够了,买了山珍大厦的一层,装修成餐厅、咖啡厅兼有舞厅的综合服务厅,届时聘请厨师和服务员,因为蜜月之后小逸要考虑带孩子了。我们渴望温暖的家渴望成功渴望完整的生活。夜深人静时,小逸在台灯下拨弄计算器,精打细算,留下明早买菜的钱,数数钞票,一声长叹,掠一掠长发,脊背一贴床板,细致的鼾声便微微传来,在寂静的深夜传达一天的疲倦与困顿。一板之隔的我禁不住潸然泪下。

山珍大厦,已在破土动工。

骑手老婆李老师长得美丽标致,善于心计又能傻呵呵地跟有头有脸的男人调情。总之是我前面说的那种女强人或巾帼英雄。李老师又漂亮又高雅傲不可挡,扬言非副局级以上干部不嫁。阿球有一次向我悄然耳语,他若能有这一档的老婆,愿意沿环城公路爬一圈。这样说不免言过其实,不过李老师的确让男人看了血液加快，女人看了咬牙切齿。她刚分配回来那阵子，成天有不自量力的傻哥们儿去找她，她很大方，一律的微笑着泡茶，从不买茶点水果，一律的一派大家闺秀的风度听哥们儿自吹自擂。后来去玩的哥们儿都自带茶点或水果，李老师公事公办，当场吃，吃不完的让他带回。不带，当面倒进垃圾纸箱。当然，也有送情书来的，李老师从不找上门去，耐心地等他下次来，完璧归赵夸奖说："写得真感人，连我都差点被感动了。"那位便脸红耳赤落荒而逃。

骑手并非去追，说他们相见恨晚一见钟情也可以；说他们一丘之貉臭味相投也行。总而言之，经介绍见一面就一拍即合，一个月后冠冕堂皇地讲起婚事来。归根结底，在我们小县城，美人儿珍贵，暴发户稀罕，他们般配。骑手自有一番宏论："自古英雄爱美人，不爱美人当然算不上英雄，也就说爱美人者方为英雄。我又爱上美人又当上英雄，世上还有什么比这更好的美差？"又爱美人又当英雄其乐无穷的骑手结婚没多久就发现美人不只他一人爱，男人都爱。若说一般人爱倒没什么，他的顶头上司们尤其爱，这就让哥们儿骑手伤神了。好在李老师温柔，伤去的神可以通过温柔补回来。

我们这里歌手甚多，可惜大多不识五线谱。李老师认识五线谱，会谱曲儿，还能美声唱。她在电影院唱美声，那形态就像双臂抱着大饭甑喘不过气来，听腻流行歌曲的乡巴佬观众报以热烈的掌声，讲雷鸣般的掌声也不过分，以及被她美丽所倾倒的男人刺耳的尖啸。更稀奇的是她能编舞蹈，健美舞太空舞烛光舞草帽舞景德镇的瓷器一套一套的。李老师将迷人的微笑凝固在脸上，在她学生众星拱月下一场舞蹈跳完表情始终不会变形，不信你不五体投地需仰视才见她的超短迷你裙。

骑手一位至关重要的顶头上司，用他自己的话说是处在七寸位置上的人物不幸喜欢跳舞。更加不幸的是他知道骑手的老婆是当地舞坛后起之秀。那日，他开玩笑对骑手说："今晚上舞厅如何？"

骑手心领神会唯唯诺诺。当晚，上司和李老师翩翩起舞配合默契。音箱放出高难度的探戈舞曲，整个舞池就剩下他俩坚持不懈。骑手只会简单的三步，坐在旁边干瞪眼。此后，骑手好几个条条块块的上司都爱上跳舞，都暗示骑手老婆要带来。李老师热情洋溢乐此不疲求之不得，骑手一辆破单车载着老婆叮叮当当地骑上骑下，成了十足的搬运工。

有一次骑手心血来潮邀我们同往，小逸很激动，前所未有地打扮一番上舞厅。我们龟缩在沙发一角，喝一杯不冷不热的茶水，迷惑不解地观看一大堆忙忙碌碌推来的搡去的男女。李老师从第一曲就有一彪形大汉邀她，每一曲都是他过来，艰难地弯腰抬臂作邀请状。大汉鹤立鸡群，李老师不及他肩膀，他大步流星地前进，李老师脚尖点地几乎被他抱起来，看上去就像大狗熊撕扯布娃娃一样惨不忍睹。每一曲终下来，李老师大汗淋淋，白色连衣裙紧紧沾在背上，特殊部位的保护罩似乎不堪一击。阿球凑我耳边说："三角裤肯定也湿了。"一脸的幸灾乐祸。搁在茶几上的手帕已湿透，李老师攥紧在手心使劲甩干，抖开当扇子用。小逸推茶杯过去，她说："不能喝，不然汗更多。"

不等李老师的气喘均匀，舞曲又响了。小逸魂飞魄散，像看一场心惊肉跳的杂技表演。始终没人邀小逸，我估计舞棍都能判断女孩子是否会舞，是一门大学问。骑手一根接一根低头抽烟，一手玩弄打火机翻跟头，偶尔抬头瞥舞池一眼，那大汉过来邀请李老师时才直起腰杆笑着。阿球玩得很开心，跳那种按程序工作的机器人一样的自由舞，他把迪斯科、霹雳舞、太空舞、抽筋舞自作主张地结合起来，自得其乐。尖嘴猴腮在激光照耀下变幻莫测，似乎幸福得要自杀。他几次伸手给女孩子，妄图合作，女孩子摇头摆手不睬他，阿球不介意，全心全意玩自己的。四肢每一个关节都松松垮垮，如组装得粗枝大叶的国产机械，老让人担心某个零件会脱离飞将出来。

散场走到门口，小逸不识时务地问："李老师累不累？"

李老师说："情愿的事情不累。"

小逸一知半解地点点头。回到店里，我挖苦小逸说："你不跳舞打扮漂亮干吗？"小逸不好意思地嘿嘿傻笑。

据骑手说李老师不想当老师，想改行干行政坐办公室。骑手结婚前满口答应，结婚后坚决反对。他认为女人家教书很好，女人最好的职业是教师和护士，教师会教育孩子，护士能侍候丈夫。老了桃李满天下，且不说暑假寒假无所事事成天摆弄小家几般迷人。骑手训斥她说："坐办公室有什么好？你看工青妇的那些娘们儿整天还不是扫地烧开水夹报纸，真有事业啊？"

跟李老师跳过舞的领导都支持她改行，说人才的浪费是最大的浪费。说不管是要省里批还是国务院批他们都有办法。

骑手喝醉的那晚告诉我们，他准备下乡，老婆弄到乡下小学去，免得臭娘们不知天高地厚。他说："给娘们儿一根竹竿她还真爬上去，让人当猴耍。女子无才是德老婆漂亮是祸，古人说得就是棒。"

骑手感叹说："这世界风雨飘摇啊兄弟，改什么鬼行厅。"

阿球按副科级套，问他："是当副书记还是副乡长？"

骑手哈哈大笑，两眼通红又干了一杯，说："阿球你他妈光长骨头不长骨气，老子要干正的。老爷子不行了，老了，这一届肯定下台，不管怎么样也要让他宝贝儿子干个乡长不是。组织部还跟我们玩原则，说要选举。老爷子听了就生气，说题目我出了，做得怎么样是你们的事，组织部门要产生出领导信得过的班子，保证选举成功是你们的责任。老爷子革命一辈子，腰杆不细，又是三代单传，这事我操什么鸟心，让他忙去吧。我不去他肯定会痛苦。无论如何要委屈自己尊重他老人家的感情不是。"

　　骑手父亲是南下干部，参加革命前家里有个可以当娘的老婆。她一把屎一把尿把他拉扯成人，村里头人说，你们成亲吧，于是他们就成亲。革命革到杏花春雨江南，即刻被南方水灵灵的大姑娘激动得搔耳挠腮不知所措。兴奋之余将家里老娘似的老婆尽情忘却，娶了一位可以当闺女的女同志做革命伴侣。领导上说，你们结婚吧，于是他们就结婚。苦大仇深的同志革命成功了需要一个幸福的家庭谁都会理解。可以相信，有了年轻美貌的老婆肯定更加兢兢业业地为党为人民工作。中年得子生下骑手自然视为掌上明珠，为孩子的光明前途老头子冲锋陷阵就差没有抛头颅洒热血。

　　放荡不羁的阿球内心满是细腻的情怀，既像没落贵族一样怀古，又像怀春少女般耽于幻想。安慰和忠告都空洞一文不值，无论他何去何从，我们能做的只能在心里为他祈祷为他祝福。

　　我很羡慕那些一得志就装神弄鬼从而美化自己童年的劣迹或神化故乡苦难生活的人，他们无论走到哪里都有一个值得吹嘘的过去和扑朔迷离的哺育他的摇篮。他们刚开始仅仅是试探着修正一些细节，使传说更有逻辑的力量或美好的主题，听者有的真傻有的装傻反正都似乎相信了且伴有吃惊的表情，讲述者于是有了信心，不断让自己的身世逐渐固定在某种有惊无险

与众不同的模式之中，像政府工作报告那样经不厌其烦的修改
后固若磐石，传达给每一个愿闻其详者。至此，自己已经莫辨
真伪了。

我们得志不了的原因可能就是对真实的往事耿耿于怀。

临近高中毕业考的一天，阿球突然行色紧张地收拾东西要
回家，留下张请假条让我们交给小地瓜。过了个把星期，阿球
来敲教室的玻璃窗让我们出去，当时在晚自修的我们三个急切
地围过去问他什么事，小逸一把三角尺还拎在手上。阿球先支
走小逸，说女孩子成事不足败事有余。然后说："我要杀一个人，
请你们帮忙。"

我以为听错了，但是看他的神情根本不像开玩笑。骑手穿
短裤，不断在拍打大腿上的蚊子，调侃说："好啊，给多少钱？"

阿球突然蹲下哽咽起来，我们才知道大事不妙。阿球喉结
上下窜动，话也讲不完整，但我们从他断断续续的表述中了解
一个大概。他母亲与人私通，现已双双出走，他想把那狗男人
的小男孩弄死。阿球年幼丧父，母子三人相依为命度日，小弟
弟在念小学。那是个倔强的小男孩，衣服破旧而整洁，破洞四
穿的长背带书包拍打着屁股蛋子，动不动抡起它砸阿球脑袋。
我心想，兄弟俩这下完蛋了。我问说："你弟弟现在怎么办？"

阿球说："跟我叔过。"

我跟骑手紧张起来，脚底心滋滋地冒汗。杀人偿命的道理

我们懂，为朋友两肋插刀我们也懂，去杀一个无辜的小勇孩无论如何下不了手。骑手说："这样吧，给他手弄断一只就可以了，让他父亲一辈子养着。"

我说："只能这样，不然拉去枪毙划不来。"

阿球嗯嗯啊啊勉强同意。

那个人家门口左侧有一棵歪脖子桃树，骑手用一根麻绳系在离地一尺许的树杆上，人站在门右侧抓住另一端，麻绳卧在地上。阿球弄清楚了，每天早晨第一个出门的就是要找的小男孩，他要去早自习。我挂着一根手电粗的木棍，三个人假装轻松地站在一起。我们的设想是，当小男孩跨出门槛，骑手扯紧麻绳将他绊倒，然后我拦腰一棍，阿球扑上去拗断他的一只手。我们决心在一二十秒内完成预计的全套动作，然后迅速钻进对面的茅坑。茅坑有后门，出去跑过一段小巷，翻过牛栏就是一片焦芋地，几步跨过去就到了市场，那里熙熙攘攘的早市就是安全地带了。我们预演过，跑完这一大段也无非三分钟。

我们或蹲或站在门边，犹如潜伏着等待作战命令的士兵那样跃跃欲试，紧张而刺激，有邱少云同样的悲壮。天气湿润温馨，阿球一个劲直打哆嗦，眼神惶惑似狗，我知道是极度紧张所致。

里面传出来的声音表明，关键时刻越来越近了。先是母亲唤孩子起床；接着是催他刷牙洗脸，逼吃饭，收拾书包。那母亲泼妇一个，让人怀疑那张嘴巴不是嘴巴而是母鸡屁股什么的，比粪便干净不了多少的臭骂一咕噜一咕噜从门缝冒出来，把对丈夫的愤恨以下流而刻薄的词汇发泄在孩子身上。老师说群众的语言是最生动的，也是最丰富的，我们现在终于体会到了，万恶的学生腔相比之下是多么的空洞无物啊。

盼星星盼月亮终于盼来了红太阳。脚步声由远及近。骑手将麻绳在腕上绕了好几圈，可以在一瞬间让它绷紧将那小子绊得狗吃屎。天有不测风云，半路杀出程咬金。大门洞开那小子还没跨出门槛先窜出来一条狗，它立即发现不速之客，以誓死捍卫主人的英勇姿态竖尾耸毛龇牙咧嘴作殊死搏斗状，吓得我们夹紧大腿汗毛直竖。极像我想象中阿Q偷萝卜时在尼姑庵遇到的那条狗。这样一想马上觉得自己也跟阿Q同样的狼狈。

小男孩以为我们是他远房的舅舅，转头朝里大声喊："妈，有客来了。"

她在里面应到："死老木头鬼大地瓜叫他进来不会啊。"

我们知道这次被称为慕尼黑阴谋的计划要彻底落空了，骑手赶紧扔下麻绳，拉起阿球说快跑。我抡起木棍作与狗搏斗状，狗吓得汪汪乱叫贴墙后退，乘它来不及回头的空隙我一头扎进事先钻过的茅坑。后来在一个骨科医生家里泡茶闲聊，谈及此事他说："我明白你的意思，是要让他一辈子残废。事实上不可能，你们那样干一般是脱臼，大不了骨折，两下半接回去。要残废除非连皮带肉一齐卸下来，那样弄不好就出人命了。"

同座的还有一个屠户稍懂骨术，笑着说："你们心急，要剁下骨头也是不容易事。"

要阿球以优异的成绩参加高考显然是天方夜谭，我们操心的是毕业考过不了关混不到文凭，往后招工参军什么的就别指望了，他一辈子也就一笔勾销了。以骑手出类拔萃的成绩只要让阿球偷看些许弄个及格是不成问题的，关键的问题问题的关键是如何将骑手试卷上准确的答案以同等的准确度书写在阿球的试卷上。经过反复磋商几次论证终于拿出方案：考试到一半，由骑手将答案抄在稿纸上塞在小便处指定的某个砖缝里，骑手回教室后再由阿球出去取回。尽管考试是单人坐，两人督考，有不准同时出去小便等严密的纪律，阿球还是取得不可思议的好成绩，连从万恶的资本主义那边传来的English也有42分，居全班上游。宣布成绩时小地瓜前所未有的激动，说人不可貌相水不可斗量，说只要功夫深铁杵磨成针，说不要受基础差的影响拼搏两个月争取上大学，他所有的论点都以阿球出人意料的成绩为论据。小地瓜目光炯炯，像老艺人欣赏自己的工艺品那样欣赏洋洋得意的阿球。

阿球让胜利冲昏了头脑忘乎所以，要求骑手再配合一次让他考个小中专。骑手说："要么你杀了我要么死了这条心，高考是全国统考你以为玩的？""全国"是个又威严又模糊的概念，把阿球震得哑口无言。

　　我们投入紧张的考前复习，对阿球的不辞而别不知去向实在分不开心去追究其所以然。

　　骑手是我们这所完中文理科两个班一百多号人唯一应届录取的大学生，且是国家重点的本科，其他同学全军覆没片甲不留。老革命十分感动，首次驱车拜访了小地瓜，握手拍肩膀，发誓要让小地瓜当上先进教师，同时建议校长安排一个厨房给他，说长年累月在走廊煮饭是太艰苦了，并一再检讨自己对教师生活关心不够。温暖人心的话车载斗量直说到小地瓜掏出整洁的花手帕抹眼泪才握手道别。

　　按小地瓜的说法，全国平均大学升学率是百分之三，以此类推我们普通中学百把个毕业生至多取平均数上四个，再以此类推凭我和小逸的成绩再复读也是白搭。若干年后突然发现不知是小地瓜当年胡说八道还是我们类推错了，总之百来个同学经分散多年参考竟然上了四五十人。我和小逸被这个发现震得三日不知肉味，然而时过境迁，后悔已为时太晚，只得认命。

　　送行那天，骑手唉声叹气郁郁不乐，说："阿球在就好，阿球在就好了。"

　　小逸自制一张贺卡，画了扬帆，写着"我愿是那顺帆的风，伴你浪迹四方"，煞有介事地送骑手。骑手恭敬接过，夹在《科学家的故事》里。骑手报物理系固体发光专业，老革命只有发光的革命信念，不知发光的固体，但他从落实知识分子政策的精神中意识到科学家是国家重点保护动物，买来《科学家的故事》勉励骑手就是想让儿子成为国宝大熊猫，可怜天下父母心，焉焉严父心感人肺腑。

老革命成天开会批文件下乡检查指导工作，训斥下属同时忍气吞声被上司训斥，总之日理万机全县人民离不开他没空送骑手上学。任务就义不容辞责无旁贷地落在我和小逸头上。当年我们都十八岁了，有资格选举总理的年龄还没去过比县城更大的地方。我把胸脯拍得怦怦响："老罗叔你放心好了，有我在就有罗旋在。"小逸也慷慨激昂表决心誓与骑手共存亡，就差没拍胸脯。老革命强调安全第一，然后举杯弹冠相庆。

大学校园给我的印象就是一座庞大的松松垮垮的敬老院，决然没有琅琅读书声什么的。走廊上挂满花花绿绿的衣服以及女孩子的小玩意。食堂里排队买饭菜的秩序井然，有人将整碗剩饭扣在桌上，每桌饭菜堆积如山，大学生们熟视无睹。他们似乎很忙，打球游泳溜旱冰跳舞谈恋爱，读书的时间就所剩无几了。他们个个健谈，能从食堂管理不善宿舍地板没人扫等归结出国家制度改革开放民族素质等大问题，吓得小逸一愣一愣地崇拜。我们在他们面前显得特别没文化没见识，简直是文盲加白痴。打个不恰当的比方：大队支书见到毛主席。

校园彩旗招展，喇叭里歌声嘹亮，"热烈欢迎新生"一类的巨大横幅随处可见。不时有肩扛手提大皮箱的男女老幼向路人打听什么，那人指手画脚一番，打听的点头哈腰迤逦而去。报名处设在礼堂里，一溜摆开课桌，桌角搁牌牌办各种手续。骑手攥着录取通知书，领了一叠表，翘了屁股一路填过去盖上红印子。小逸站在礼堂中央守箱子不停地东张西望，我跟在骑手后面管数钱给一脸学问的主儿，人五人六的帮忙写点什么。感觉报个名不比考大学容易。骑手上医院楼上体检，我蹲在"闲人免进"的木牌边吸烟，正惬意，戴了红箍的老头在草皮另一头喊"喂，不准抽烟，听到吗，讲你呢。"我赶紧兑灭了，烟头又不知扔哪合适。骑手出来了，我扬手向老头弹去，抢着读体检表。肺功能一栏不盖"合格"，盖"无异常"。骑手很烦："合格就合格不合格就不合格，什么叫无异常？"

我们三人在林荫道散步，骑手很抒情，有朗诵诗歌的冲动，有一种拿破仑步入凯旋门的得意劲儿。我怀疑："这地方能读到书吗？"

小逸深有感触地说："就是地瓜种上四年也长大了，何况是人。"

骑手说："重要的这里是名牌大学，这就是目的。"骑手刚来两天就理论得如此高深，老祖宗把这种现象总结成一句话：士别三日当刮目相看。

骑手说："喝咖啡怎么样？"

猛抬头，果然有牌子写着"不愿走咖啡屋"。

小逸说好，我也说好。

我们找了个偏僻的位置坐下，三杯咖啡端过来，小逸抿了一下，直摇头："苦。"

墙边一杯方糖，不知道敢不敢自己放，斜眼见对面一对男女在放，也一人放一粒。小逸低声说："再放一粒吧。"于是又放一粒。咖啡喝起来有点像放久的腌菜汤，断乎没有想象中的可口。

收款小姐微笑着虎视眈眈，像打进敌人内部的地下党。骑手很大方的给一张大团结，小姐接过不动，骑手愣了一下再给一张，小姐还是不动，骑手愣了一下再给一张，小姐还是不动，说："还要一块，这是正宗的麦氏雀巢二合一。"

一出门，小逸说："三杯咖啡换成扁食等于42碗。"

骑手咬咬牙根说："要喝不嫌贵，嫌贵不要喝。"

也正是那次喝咖啡，坚定了我们开店的决心。我和小逸吃住骑手的，知道钱已经用了不少，我说："明天走吧。"

骑手、小逸不答，于是我说："明早就买车票。"

大约一年之后，阿球回来了，他说："你们那次喝咖啡我看见了，刚好从那里过。"

在我们吃惊之际，阿球说："到处找不到做工的地方，又没钱，都差点回不来了。一天吃两根白地瓜，解渴还能充饥。"

我问："那你干吗不进来？"

阿球不说话，惨然一笑。

小逸说："何必呢？"双眼热泪盈眶。

那时候我们店里每天可以卖出去十几只卤鸭，尽管吃够了各种大盖帽的苦头，毕竟能维持生计。阿球来无影去无踪，偶尔来一次我们招待他吃饭，并不打听他的下落。据他说在城里租了一间屋，就在我们店面不远。至于他干什么吃的，我们心照不宣。这样说吧，本城的小男孩丢了，银行发现假币了，又来一批新黄货了等等，让警察头疼的事多少跟阿球一伙有些瓜葛。阿球说："我总不能白吃叔叔的吧？"他弄到钱总要送一两片回家给弟弟。我们从来不规劝他，改邪归正重新做人一类的屁话归警察讲。只知道人活着吃饱了才不饿，提醒他防着点，严打打到了不是弄着玩的，搞不好要吃花生米。我们很为他难过，小逸用一句话安慰我也安慰自己，她说："人各有各的活法。"

有阿球时常来一下，本店基本平安。那次四五个小子啃了一盘卤鸭，留下一截气管，为头的说："按本地规矩气管不能上桌。"然后一伙扬长而去。

我束手无策小逸眼泪汪汪。没想到阿球就站在街对面，他慢慢踱过来，拍拍那人的肩膀往这边努努嘴说："自家人啊自家人。"

那人回身拍了一张四老头在灶上，不等找他就溜了。阿球说："下次有白吃的，你就说阿球有个账的我记在他账上了，他会给钱的。"

阿球从不把他那伙人带到店里来，如果被条子盯为某某团伙的老巢，那么本店就完蛋了。阿球明了这一点，给我们不动声色的关照。

阿球是我们送骑手下乡的第二天逮捕归案的。那天中午我在切牛肉，一小块一小块放锅里卤。里边一桌五六个年轻人在喝酒。阿球吹着一曲愉快的口哨进来，冷不防拔出一把匕首顶住我的腰，喝令："举起手来。"

我说："阿球你别开玩笑，有本事拿来切牛肉试试。"

他应声"好咧"，果真切起牛肉来。那把匕首连柄长约七寸，泛着青光，刀刃一边当中有凹槽，滋啦滋啦切肉极有质感。阿球一脸享受，三下五除二就弄完扔进锅里。举匕首在眼前神气活现地说："内蒙古来的，文姬牌，杀人最棒了。"然后在空中恶狠狠地捅一下，"啊"的一声闭起眼作痛苦临死状。

偶然造成了英雄也造就了杀人犯。当时的情况比较特殊，阿球似乎除了给鸭老板一刀别无选择。一、阿球手上一把好刀，很想一试杀人的效果；二、小逸跟她姐姐从不来往，那天鬼使神差居然找上门去，以至于我无法付钱给鸭老板；三、我买鸭子从不赊账，那是唯一。

鸭老板说："卤鸭的，结个账。"

我说："老板不在，我是打杂的，等她回来。"

鸭老板说："你骗术一般，你应该骗我过两天再来。"

我说："她真不在，你等一刻。"

鸭老板说："你以为我没脾气是吗？"

阿球拇指肚轻轻划着刀刃，说："不在就不在，在就在，有没有脾气又怎样？"

鸭老板一脚踩灭烟蒂，脸部鼓出咬肌，抬手整锅牛肉如数掀翻，灶上空腾起蘑菇云，焦煳和烟雾弥漫开来。鸭老板拎起锅柄一步一步走出去。

阿球喊："回来，放回去。"

鸭老板喊："有本事你出来。"

阿球箭步跨出去。鸭老板扬手将锅砸过来，阿球偏头闪过，街上一片惊呼。食客围过来看热闹，大家注意到阿球始终握住刀，息识到什么，一齐大呼小叫："刀！刀！"好像谁不认识似的。阿球一个左勾拳落在鸭老板下巴上，鸭老板往后踉跄，不等站稳，阿球右手的刀已没进他胸膛，血迅速渗红了前襟一大片。大家又一齐叫："血！血！"阿球站着发愣，鸭老板两臂平伸，跪下一只脚，再跪下一只脚，仰脸扫视了一无所有的天空，稀里哗啦摊下。此时，他们俩已被围成铁桶一般，有人喊："杀人啦！杀人啦！"远处的人跑着过来，阿球还在发呆，整个过程我两腿生根没挪一步，脑袋空白，以致后来回忆不起来鸭老板是如何进医院，阿球是如何被扭送的。

本店被迫停业，我们接受审查。

在骑手家，小逸声泪俱下："老罗叔怎么办？老罗叔想想办法。"

老革命一声长叹："蜀魏，小逸，这种事没有通融的余地。借钱还债杀人偿命，是天经地义的事情，我不可能出面说情。你们要是有情义，去看守所看看他。罗旋在乡下忙着选举，他去看也不方便。啊？"

警察带我们到一个单间，隔着铁窗小逸一直掸泪说："没办法了，阿球真的没办法了。"甩甩头竖起肩膀呜咽。

阿球开始还笑着，越笑越勉强。我瞧着实在心酸，说："要哭你就哭吧。"

阿球眼泪屋檐水一般滚落下来，说："我弟弟怎么办哪蜀魏，你要去看他，啊，拜托你了。"

小逸说："我们会的阿球，是我们害了你……"

警察很不耐烦地呵斥："好了没有？你们。"

北大街上的有线广播线路不太好，喇叭唱歌不像唱歌讲话不像讲话，但我们还是听清楚了，县乡两级人大会开得很成功，已圆满结束胜利闭幕。骑手当选为乡长，他家老革命落选为调研员。

警车刑车街上开得极慢，在众目睽睽之下招摇过市，出了城突然快起来，阿球五花大绑目光呆滞表情术然被两个戴口罩的武警按着。我载小逸紧追其后。车队停在一个满是松树的山坡上，各种大盖帽迅速圈出戒严线。我们随着看客推推搡搡站在相应的一个山头，稍远些。

阿球被押到一块空地，跪下，两武警按着。另一个打开步枪刺刀抵在他后背。法医伸开指头丈量心脏的位置，调整枪和持枪者的方位及角度。问了一句阿球什么。阿球回过头说了一句什么。

砰的一声枪响，两武警松手的同时阿球趴下，枪口处只有杯口粗的红印。法医为他松绑，偏过身子，前腔已被血红透一大片。法医掀开上衣瞅瞅枪口，翻翻他眼睛，判断已经死了，一挥手，执法人员跑步撤离现场。看客怕鬼，也纷纷下山。

那边过去的山脚下是一条蜿蜒的机耕道，一行人由远及近而来。队伍簇拥一辆平放棺材的板车沉静而安详徐徐前行。黑染棺材在阳光下鲜亮耀眼，人们似雨季举族搬迁的蚁类。从队伍的最后蹿上来一个小男孩，逐渐跑在最前面，一个中年男子猛地拦腰抱住，小男孩蹲下扭曲身子，一口咬在中年男人腕口挣脱了他继续奔跑。草绿色破烂书包上下拍打屁股，不时被绊倒再爬起来雏鸟一般飞翔。他解下红领巾挥舞着呐喊，稚嫩的呼声经阳光消解由轻风传送过来已是微不足道了。他就这么挥舞着呼喊着奔跑过来，想让他的兄长听到细语，哪怕是气若游丝的轻轻的诀别。红艳艳的一团在他幼小的头顶上飘荡着，如一朵坠地而叹的木棉。

小逸双眼红肿脸色苍白，咬住下唇扶着我肩膀索索颤抖。一转身，发现骑手居然站在我们身后。乡政府的车停在公路边，骑手打开车门的一瞬间，我说："我们怎么办？"

骑手跨进去的脚又收回来，双眼雾霭迷蒙，他双手搂搂我们的肩，轻声说："好好活下去。"

小逸突然想起一个问题，紧握我的手说："蜀魏，阿球在最后的时刻回头说什么呢？"

原载《海峡》1994年第2期

飞

这是一个关于飞行的故事。

故事起始于一个傍晚，暮归的农人与牛同行，妇人忙于晚餐，相形之下孩子们显得闲散而无聊。傍晚的晒谷坪聚集着不愿烧火喂猪牵牛的半大孩子，玩捉迷藏、老鹰捕鸡、跳绳等游戏。那天傍晚天气很坏，云聚欲雨，凉风嗖嗖。人太少，什么都没玩，互相问晚上吃什么。我和弟弟木出门前母亲吩咐过了，要说喝粥。其实我们家杀了鸭子还蒸糯米饭，母亲担心让他们知道跟来会坐不下分不开。小公鸭退了毛跟茄子差不多大，是为外婆准备的。我们喜欢外婆，她老人家一来有好吃的并且不要干活，外婆太能干了。

叔叔金比我长两岁，他的话对我们十分权威。他站着讲了一个梦，说昨晚梦见自己把生殖器割了，变成平平的。他说他真想做女孩，梳辫子穿花衣服。

弟弟木一脸惊恐夹紧裤裆说金叔，割了不疼吗？

金叔瞧不起赖皮好哭的木，不屑地说，不疼，那是做梦，你没做过梦？

木说我不做梦，做梦就尿湿被子了。

大家哈哈笑，骂木是现尿狗。

叔叔金转了个值得炫耀的话题说，现在是1973年，你们知道吗？

木说我知道六岁，今年我六岁。

火说我七岁都没用你六岁更没用。

金说六岁七岁全部没用，1973年才最有用。

母亲喊，水、木，食粥了。

木说我外婆比1973年更好。大家又笑骂木是现尿狗，一哄而散。

哥哥土挟了比拇指粗不了多少的鸭腿摆外婆碗里，外婆挟在木的碗里，说木木吃了聪明。木愣了很久，突然说现在是1973年，我不吃腿。一家人面面相觑不知其所以然。我正全力以赴对付父亲分配给我的一个翅膀没空解释，父亲很纳闷，伸手抚木的额头，说会不会生病了。

知道1973年的同一年我们还知道飞机。

　　金和火在生产队保管室新粉刷的白墙上画人头，金还写了一句打倒白老师。用一种粉状红石，我们叫红朱。我和弟弟木跟母亲去看石珍婆家阉小猪，石珍婆两手捉住小公猪四爪按在凳头上，母亲用剃头刀干净利落挑出两睾丸泡在水碗中，再为小猪的伤口涂上锅灰手术就算完了。母亲干阉猪的活炉火纯青游刃有余从不收工钱，带走小枣大的一撮睾丸放在饭甑里蒸给我们吃。我和弟弟很高兴，又有肉吃了，木一路抢着要捧碗，母亲担心她的劳动成果毁于一旦严厉拒绝木的无理要求。垂头丧气之际看到在龙飞凤舞的他们，木喜笑颜开凑了过去。木见了他们挥洒自如的作品佩服得不行跃跃欲试，红朱是很难找的，木明了这一点，他唯一能做的是奴颜婢膝，冒着被呵斥的风险小心翼翼地试探说，金叔我要画。金不理他，专心致志写李校长大坏蛋。木重复一遍说金叔我要画。火一把扯开木说要画自己去种红朱。原来是种出来的。我问是用什么种呢？火说不告诉你们，两个现尿狗。木说我外婆又来了，有糖还有红薯干。火软了下来，拉我到一边说你弟弟鼻涕虫会叛变的，不让他晓得，是这样的，用石头埋在土里，要黑土才肥，天天浇水，就这样的，你外婆真的又来吗？金写完了李校长大坏蛋，裤腰上蹭蹭手说，还要浇尿。

　　我说我晓得了。拉起木飞快地去找石头。

　　那一段日子我和弟弟木天天忙于在保管室墙角下干埋石头

的勾当。用瓦片挖坑，掩埋了石头，木挺着肚皮撒尿。木说，哥，他们会偷吗？我说会的，他们都是坏分子。然后用瓦片括平，直到看不出痕迹才欣然回家。木显得忧心忡忡地问，哥，要种多久才长红朱？我想了好久说，谷子一年打两次，芋卵一年挖一次，红朱肯定也要长半年。木说我们先画什么呢？我说我们不画人，画房子画树。木说我要学写字，写金叔鼻涕虫。

那天我和弟弟木正干得热火朝天，木突然愣住了，我顺着他眼光看过去，是金和火在交头接耳商量什么。我心想完蛋了，他们发现了我们的秘密，以后肯定来偷，心里紧张起来。我拍了身上尘土装作若无其事的样子走过去，金捂着我耳朵说我们三人去看推土机，把你弟弟甩了。我回头看可怜巴巴的木，说让他去，我带他。金说算了，你们都不要去，推土机跟坪一般大，走得很快，你弟弟跑不快要压死的。我只好劝木回家，木说，哥，他们偷吗？我说不偷，找外婆，去。

村子对面的山坡上有辆像小人书上坦克那样的车在铲土，已铲出平平一块了。我们沿着蜿蜒的田埂跑，金边跑边说，它推我们我们就跳河，推土机怕水。这时木在后边声嘶力竭地喊：哥，等我，哥，等我一刻。三人停了脚步气喘吁吁，我说谁让你来的，归家去。木说外婆去了，屋里没人。金说推土机会压死你。木说我不怕。火说我们快跑甩掉他。于是三人快跑起来。木坐在田埂上双腿乱蹬哭了起来，说我要报家里，揍你。金很无奈，说算了算了你们看飞机我们看推土机。指指天说飞机比推土机更好看。我们抬头判别了嗡嗡的声音，就是不见飞机，找了好久，才看清声音的前面有两架长了翅膀闪闪发亮的东西飞过，一对翅膀呆傻着，并不扇动。木欢呼雀跃，喊飞机飞机。他们趁机又跑了，沿田埂逶迤而去。

晚饭后，父亲摸出别在一张对联背后的锅扫竹片剔牙，跟五叔讲话。五叔持把手电不住点头称是，手电在左手心一顿一顿。我和弟弟木吃饱了各占了一条长凳卧着他听他们讲话，父亲握一把筷子一人头上敲一下，说爬起上床去睡。五叔说一吃一倒黄病到老，长不大的。木没头没脑地冒出一句，我看到飞机，两只，比老鹰更大，你们晓得哪里飞来吗？五叔说飞机就是从机场起飞再降落到机场。木说五叔骗人大骗子。父亲把竹片别回对联，说我还修过机场哩，阿操苏联专家搞设计，跟神仙下凡一样伺候，吃鸡吃肉，肠子、头、爪全不要。我说你干吗不带归家来吃？父亲说你大哥土才出世还没你们。木说我们去哪里了。五叔和父亲都大笑起来，笑得我们莫名其妙。

自从弟弟木把大哥土的一把长笛打裂之后我们极少光顾他房间，跟他一起玩的人我们一个也不认识，他们在里面泡茶大声说笑，我和弟弟木扶着高高的门槛待着没人理睬。那是一个中午，太阳从天井直射下来，晒着一块木板上的萝卜条。大哥土用鸡毛掸扫一个镜框，尘埃弥漫，阳光成了灰蒙蒙的立方体。

我和弟弟木比赛谁的尿滋得更远，我比木远，多浇湿了两条萝卜。这时一闪一闪的玻璃反光吸引了我们，我们跑过去，蹲在地上端详土清扫干净的镜框，眼光犀利的木指头着一张照片说，土哥这是什么？土哥说飞机。木吓了一跳，挪到那头蹲好吃惊地说土哥你坐上飞机？土哥说哪能呢，那是纸的，照相馆的道具。木说纸飞机能飞，你坐上去了？土哥噗哧一笑说，傻瓜，坐飞机还能露半腰出来？我是站在纸壳背后照的。走吧走吧不要讨厌。

木非常激动，嗫嚅说，土哥坐飞机，土哥坐飞机。母亲满身糠粉在筛米，木扯住她衣襟说，土哥坐飞机了。母亲一脚踢开木，说滚蛋滚蛋，脏着哩。

金不知从哪里学会了折纸飞机，撕下他的作业簿折，送火和我一人一只。他右手捏着它的肚部，告诉我们机头要放嘴里呵气才飞得远。他自己先呵了示范投一只，果然可以飞三五步才一头栽下来。火和我试了几次都不如他远，总是颠颠踬踬地翻跟头。金要回我的飞机，将尾部折回头摘了多余的纸，说可以了。于是三人你来我往地飞来飞去。木站在一边没人睬他，他便很无趣，我让他试了几次都飞不起来，急得他脸红耳赤。金在助跑时不小心撞了木一下，木趔趄几步险些跌倒，金怕他哭赖就先下手为强说现尿狗滚回去。木本来有哭的打算，被骂了反觉自己没理，他不屑地说，我不要纸折的飞机，我土哥坐飞机照相。火停了手中活计抢过来说，你就会哭就会骗。我将玩腻了的开始打皱的飞机扔到他们脚下说，我大哥土就是坐飞机照相，不让你们看。挽起木回家。金说水是大叛徒。木回头说就是不让看，气死你们。

金已经是小学二年级的学生，能流利地用普通话骂他父亲——我叔公：你这个大坏蛋。金不再满足于画人头了，他翻开破烂如抹桌布的课本对照着保管室的另一面墙上画飞机，并在机尾写上八一字样。又惊诧又嫉妒的木跑回家告诉了我这个消息，我迫于母亲的武力威胁把米箩里的大米一筒一筒量进米缸，嘴中念念有词，一扔量米筒就跟木去看他们的新作。果然气势非凡，大大小小千篇一律的飞机爬满白墙，颇似大雨将至空中低旋的蜻蜓阵，乱糟糟的没个规律。木说，哥，我们挖红朱画飞机。我说就这样。种石头的位置模糊不清难以辨认，两人以瓦代锄干得汗流浃背才挖出一堆，木急切地往墙上试画，鬼鬼的磨擦声尖利刺耳，墙皮道道伤痕却不见红色。金和火及时的出现，异口同声拍手说，信不信狗屎印信不信狗屎印。我醒悟过来上当受骗了，扔了瓦片扑过去，金闪开了，火措手不及被压在底下，金过来按住我的两脚，火轻而易举地翻过来。弟弟木像打碎的瓶胆尖啸地哭起来，神脏兮兮的袖口抹泪跑回家。金和火放开我，我自知寡不敌众，拍了屁股上的土说，你们反革命，我哥哥坐飞机不让你们看。眼泪打着滚没掉下来。

大哥土在家削锄把，听了弟弟木的哭诉肚皮顶在锄把上笑得全身发颤，骂我们是两根大地瓜，被骗了，种起石头。骂完继续大笑。扯下脖子上的毛巾为木揩了眼泪和鼻涕说，我给你们一人做一个直升飞机，飞得高高的。木满脸诧异和敬佩破涕为笑，说土哥，不给金叔做。土哥说对，不给金叔做。木说也不给火做。土哥说没错，也不给火做。

不等我弄清楚直升飞机是怎么回事，母亲和大声的训斥同时逼近过来，死吃鬼大地瓜叫你量米量哪里去死了。惊恐中我胡乱扔了一个与实际情况相去甚远的数字。母亲一脚踢过来，我赶忙转过身去将屁股让给她气急败坏的脚尖。这是我生活中必不可少的一个项目，因此配合得相当默契，只有大笨蛋木才直愣愣地站着，让母亲踢他的膝盖或大腿因此往往疼得龇牙裂嘴。

所谓直升飞机其实非常简单，牙刷柄那么大的篾片两头削成方向朝上的斜面，中间钻小孔，接上筷子粗的柄，柄夹在两掌间迅速的一捻，便成了直升飞机的螺旋桨飞上去。土哥用天天挂在腰带的那把精致小刀反复削了又试试了又削，终于可以从晒谷坪这头飞到那头。木激动得两眼放光，脏脸蛋憋得通红，像掉光了毛的老母鸡屁股。

我和木各站在晒谷坪一头捻着，伴随轻微的嗡嗡嘶鸣，它们同我们爽朗的笑声一起飞舞着，空中不断划出彩虹般优美的弧线，劳累过度的两掌阵阵酸麻传遍全身变得通体欢畅，愉悦从脚底徐徐上升在头顶弥漫经久不散。

实在累不动了我和弟弟木草草收兵，金浪着脸说，水，借我飞一下，就一下。火也凑过来说飞一下还你。其他人也围过来跃跃欲试。木以仇恨的眼睛瞪他们，说不借，我大哥说的，也不替你们做。金说，你们兄弟要叫我叔的，你土哥也要叫的。木鄙夷地说，哼，屁卵叔叔，大四类分子。

那天傍晚有风，飞不远，正觉无趣，金很神秘地走过来说他有好玩的东西跟我们换。木说我晓得你是个大骗子。我问说什么？金拢住我们的肩膀说，气球，你们玩过吗？我从二哥枕头下找到的。木不解地说什么是气球？金说你个大地瓜，气球就是吹得大的东西。我说你赶快吹吹，看看。金从胸袋里摸出一个黏乎乎的玩意，像浸了水的塑料味精袋。金找到皮筋口套在嘟出的嘴上吹，先是像苦瓜，再吹像黄瓜，接着像冬瓜，后来像西瓜，最后像南瓜。但不管金怎样鼓着腮帮子脸红脖子粗的拼命吹，头上总突出多余的一节，刚开始就指头大，吹成南瓜了还是指头大像南瓜把儿总是平不了。金费了好大劲才拧紧皮筋口，上气不接下气地说，就这，气球！几个大人路过，见了都忍不住发笑，说留着娶老婆再用吧。金紧张起来，以为识破了偷窃，大声对他们说，是我二哥给我买的。那帮大人笑得更欢了，说你二哥神经病了，给你买？金说，就是。紧追着问我们，要不要吗？要不要吗？木伸手去接，没捏紧，刚到手哧一声就瘪了。木吃了一惊，说不要不要，漏气的。金说用线扎紧就不会，水你要吗？快，我要回家喂猪了。我想会被大人笑的肯定不是好东西，说不要。金一脸沮丧收好掖回胸袋说，要就换，什么时候都好，我先归家。

吃晚饭时木想表现一下，说土哥，金叔拿气球换我飞机，我不理他四类分子。我说气球有尖，吹不平。土哥哧地笑出来，一口饭喷在汤盆里。父亲手上的筷子抡起来在我们头上示威说，吃饭不能讲气球，谁讲敲谁。放下筷子也鬼鬼祟祟地笑了。

吃完饭听到火在门口叫我，我出去问什么事，他取出一团破报纸，慢慢打开，里面一团黑乎乎的，火说是狗肉，跟你换飞机。我闻一下果然很香，正要去抓，母亲提猪食桶打手电出来，说，水跟我喂猪，快拿着手电。我依依不舍离开火，咽下一口唾沫接过手电。火不敢造次，重新包好贴着墙根溜了。

金在家最小，十岁了还在母亲怀里蹭来蹭去，骑在我叔婆腿上让她双手拼成碗状绕在亿胸前，碗里盛黄豆或炸米泡慢慢吃。

金的班上有个同学穿了一件印有"中国"字样的带袖杆红色运动衫，金放学回家就嚷着要，我叔公认为花十多块钱买件红衫实属奢侈不合算，置之不理。金知道哭没用，灵机一动计上心来，躺在床上不吃不喝赖了整整一天。叔公软硬兼施万般无奈加上叔婆的眼泪攻势提前卖了三只小狗，连答应给我家的那条长毛狮子狗也一起卖了，凑足买了一件红色运动衫。金穿上后手舞足蹈地狼吞虎咽了一碗猪油拌饭。叔公说，这下金走遍全世界都找得回来了，写着中国哩。弟弟木最爱那只狮子狗，知道被金换了衣服养不成了，恨得咬牙切齿，扎过去揪住金的新衫喊，狗，还我，还我，狗。金用力甩开他说，我家的狗不给你就是不给你。

现在回忆那个早晨显然没有特别之处。对面山坡已夷为平地，水泥厂厂房拔地而起，高高的烟囱耸立着直指山腰的破庙。那是个宁静而平常的早晨，太阳大大方方地微笑，鸡犬相闻人声鼎沸，男人日出而作女人忙着做饭，水泥厂的建筑工人还没上班，崭新的厂房被脚手架簇拥着沐浴在晨曦雾霭中。一切都很平常，跟无数个稍纵即逝的日子没有任何区别。

金率领着一大帮年龄相仿的孩子雄赳赳气昂昂地从我家门口走过，我看到火穿着金的红色运动衫，他们没把我放在眼里，目不斜视吵吵嚷嚷地走了。

我逮住最后一个问说你们去哪里？他说去飞，火要去飞。甩开我走了。我回头唤醒酣睡中的弟弟木，说快爬起快，去看飞，火要飞了。木揉着惺忪的睡眼从床上爬来爬去找裤子。木是根大地瓜，长到六岁还不会脱裤子，他除了骂人和吃饭似乎什么也干不来。老半天我才帮木穿好衣服和凉鞋，拖着他懵懵懂懂地跑着追过去。金发现我追来了，站住，田埂窄，他们走成一线，金站住了大家都站住。金说谁叫你们来的？我说我要去看火飞。火说我不让你看。金一挥手说，把两个叛徒打回去。抓起泥团扔过来命令说，打呀。他们七手八脚争先恐后抓泥团扔过来，把不肯借飞机给他们的仇恨通过泥团传达给我和弟弟木。我们抱头鼠窜狼狈而逃。

我和弟弟木站在家门口看火是怎么飞的。他们围着大烟囱团团转，看上去像一群蚂蚁围着一根蜡烛。烟囱的一侧装有铁条扶手梯，穿红色运动衫的火开始从底下往上爬，风吹起下摆，如一朵小火苗缓慢地上升。其他人仰脖子站着不动。土哥过来问我们看什么，我说火。木说飞，要飞。土哥也站在一起看火往上爬。快爬到顶时土哥好像顿悟了什么，问，木，你刚才说什么？木说，火要飞，他会飞。土哥拔腿就跑，边跑边喊，火别飞！火不敢跳！火！大人们意识到了什么，跟着土哥跑，他们在田埂上跌跌撞撞地跑，拼命地喊，乱成一片。

爬到顶的火回过头来看到了跑成弯弯曲曲的大人，朝他们挥挥手，闹不明白他们要干什么。火有自己重要的事要干，他要飞。一阵迎面而来的风吹冷了火，火似乎战栗了一下，他决心尽快干完这件至关重要的事。火低头鸟瞰他的同伴们，他们正眼巴巴地盯着火，没人在意对面的大人们喊些什么，大人的事一般跟他们关系不大。火也许有些饿了，想飞完了回家喝热粥。

他的脚踩在顶端圆型的沿上，两手撑一下慢慢站直身子，然后稍向前倾⋯⋯

火的双脚离开冰凉的红砖那一瞬间，他肯定听到土哥的呼喊，他回答了一声：啊——尖利绝望的呼啸足以让人小便失禁，回答了整个村子惊愕的疑问。全世界静默了一刹那，无声无息的刹那无疑是世界末日的境况，大家终于明白一个事实。

是一把抛下的火炬，是一朵飘落的木棉花，是一颗划破晴空的流星，是一个可有可无的叹息。

土哥他们赶到烟囱脚下的同时火无声无息地抵达地面，如匍匐的红蝙蝠沉默蠕几下身躯后返归宁静。

原载《福建文学》1994年第3期

窗外是一堵墙

1

上班第一天，白发苍苍的馆长让我坐在他对面，用羽毛状圆珠笔敲打一摞便用笺说："你叫什么？吴非。没错吴非。从今天起你就是我们群艺馆的一员了。我看了你的档案，知道你一贯表现很好，一直是班干，是校电台的记者吧？摄影搞得不错。毕业论文的题目叫什么？论远景的空灵与持写的意境？这样吧，今后你的任务就是协助老鱼头，啊不，老俞同志负责展览厅的设计布置、门口的宣传画。好吧，老俞正在展览厅搞改革新貌书画展装裱，你去帮忙一下，去吧。住房嘛，老俞会出面去租。"

我把装满家当的红色旅行包抡在馆长背后的柜子上，开始第一天的工作。旅行包震起的灰尘在窗口斜进的阳光中跳跃，馆长的脸即刻茫然而高深莫测如一尊神秘的古佛。

展览厅几张以文养文的台球桌上参差堆满字画，老鱼头弓在一条课桌上认真写前言，抬笔孤芳自赏乜我一眼说："来得正好，敲钉子吧。"

我想什么玩意啊老鱼头居然指挥我？"这样差劲的书画值得一展吗？"

老鱼头说："凑合着看吧反正是农民。"

"谁是农民，作者？观众？"

"大伙这几天都在议论你，来了个大学生。过年似的高兴。建馆以来第一个。我们这儿就翁副是大专，函授的。"老鱼头过来拍拍我屁股，"你第一啊年轻人。"

我正踮起脚尖敲钉子肌肉绷紧，感觉到臀部结实有弹性，说："还要请老前辈多指教多帮助。"

"其实我知道你不怎么样，有能耐的大学生不回小县城。你，出口转内销的干活。"

我一激凌陡然矮了半截，险些从桌上跌下来，心里忍不住骂起了脏话。

2

老鱼头的上班时间一般是这样安排的：泡好一杯茶，点燃一支烟，然后脚翘在桌上读报纸。茶叶罐搂着晃几下，抓出最糙的搁进杯里兑上开水；右手拇指和食指黑厚的指甲夹出一根烟在左手拇指甲上顿几下点燃，贪婪地吸一口。他习惯伸手到口袋里摸烟，可以减免给别人散发香烟造成的痛苦，这样就只有别人发烟给他抽的份了。老鱼头放气吹开浮上来的茶叶末呷一口，慢条斯理读报纸。他读报跟人不一样：从最后一版往前读，从报屁股往上读，从夹缝往两边读，因此特别能发现新闻。老鱼头从藤椅上弹起来，把一张晚报拍在翁副馆长的玻璃板上，说："你们快看快看，又抓起24个妓女了，24个啊同志们，不知害死多少人。"脸上放光神采奕奕，有幸灾乐祸的快意兼没玩到一份的遗憾。

翁副刚刚从馆员提拔到领导岗位，最具好奇心，天天挂在嘴上的一句话是摊开双手愤慨地问："这么大的事我都不知道呀，啊？"所以大家都乐意向他汇报工作。此时翁副忙着找这条消息："哪，老鱼头，在哪？"

老鱼头咬牙切齿指给他看："在这！"

两人同仇敌忾共讨24个妓女，听起来他们无疑是无辜的受害者。

老鱼头上午约十点去买菜，之前先在牛肠巷吃一碗牛肉面。面店端盘子的妞有几分姿色，穿一双黄色凉鞋没穿袜子，白晃晃的小腿及一圈大腿就在裙下耀眼。老鱼头前脚跨进门槛便使出归国华侨的气派大声吆喝："面两碗。"

小妞说："请里边坐。"

老鱼头不坐，先把一块钱账付了再坐，双手抚膝昂首挺胸盯着那两条腿肚子。

我说："先吃面再付钱也不迟。"

老鱼头说："你不懂，等下熟人一多，哪好意思只付自己的？反过来讲，也不要别人替我出。"

老鱼头有意要请我噘一餐，一同上街买菜。他买的青菜要带泥、有虫的："带泥说明是农民不是菜贩子，菜贩子就计较了。有虫说明没打农药，农药有毒不是？"

回到家里，肉和青菜摆上菜墩子，老鱼头裤袋里还摸出两个鸡蛋，那是顺手牵羊免费的。我认为有责任也有义务要夸奖他几句，就说："老俞真会勤俭节约，勤俭节约是中华民族的美德。"

老鱼头没理我，哼起京剧："临行喝妈一碗酒／浑身是胆雄赳赳／鸠山设宴和我交朋友／千杯万盏会应酬……"

3

老鱼头极有参政议政意识，整天忙于议论国内外大事小事，展览厅就我一人兜着咋呼。这两天来看的大多是农民，一边以笠当扇一边用他们的标准判别书画：好，不好；像，不像。那个虎字真大。那头牛画得有神。这张字多工整啊，我家老二读完大学也写不出。这老头的胳膊画细了拈不住田螺。

展览厅就剩下最后一个观众了，外面安静了许多，一缕夕阳从天窗斜射进来照亮这个女孩的脸。她蛮认真地听我讲画，不住地点头并笑一下露出一排糯米粒似的小牙。我额头汗涔涔的，但必须继续吹下去，把这帮人个个捧成大书法家大画家，白痴才说自己一手操办的东西不好。他们创作了最精粹、最优秀的作品，表现了中国书画的发展演变，吸取了外来艺术的精华，增强了民族自尊心和自豪感，为继承和发扬祖国优秀的文化遗产作出了可贵的探索，为我县精神文明建设作出了贡献……

老这样兜圈子扛着累得慌，有必要切入主题了，我说："看你聪明伶俐又懂这么多美术知识肯定有画。"

女孩子又露齿一笑说："你怎么知道？"

这不不打自招吗："搞艺术最重要的是直感和天斌，你一看就有一种与众不同的气质，体现在对生活的敏感和对艺术的整体把握，努力下去坚持数年必有成果。"我相信自己的马屁拍得恰到好处。

"好了天黑了，以后有机会我们再聊。"主动告别给她一个公事公办的印象。

果不其然，她不好意思地试探说："我想……我想请教一下……"

"我叫吴非，住在城北路33号，有空来玩。"

送女孩子到门口她蹁腿骑车走了。什么叫适可而止什么叫见好就收，哥们儿跟小妞死皮赖脸的不行。

"可爱的女孩，我的热情像大海……"

4

李文死在省报副刊他发表第一首也是最后一首诗15周年。"我站在天安门城楼上/向全世界大声宣告/祖国啊/我爱你。"

15年来，李文身上终日带着这张报纸，冬天揣在怀中，春秋卷在兜里，夏天攥在手上。报纸一天天变黑变黄四角毛茸茸的卷起，全村已烂熟这首诗。村里写祭文的老先生甚至说李文起步高有文采要努力数年走向全国。李文带上新作和那张报纸进县城上省城，说："我就是李文，来投稿的。1976年我就开始在省报副刊发表诗歌了。"展开报纸指给对方看，报纸背面衬上草纸，纵横交错的折痕之间那块拇指大的面积完好无损。

编辑被他的自信所感染，认真翻看他写在某个单位更用笺上龙飞凤舞的诗行，偶尔问这个什么字那句话么意思。

"这个是桃李的李字，不是可以的可，这是工厂不是27，南瓜的理想是说，南瓜要爬上架子才开花结果，象征极向上没错是象征。"李文说。

编辑说："稿子放这儿我们再看看。"

李文强调："《当代诗坛》给我来过信，认为我是有前途的……"

编辑站起来说："我要开会了，你还有事吗？"

那年寒假李文约几个同学去他家玩。房间四壁挂满他创作的书画，被子黑硬似铁，草席中间睡去一个人形剩下逶迤的一圈，我只好坐在这圈的边沿上。李文坐在唯一的凳子上说："你是读中文的，特地请你来探讨一些诗歌创作问题。他们——（李文努嘴指在客厅闹酒的同学）——是不让进来的，会破坏我的创作激情。我看分三步走，第一步创作一百首组诗，约五百首左右，现在已经完成一大半了。"李文抽屉拉开一缝让我看他整摞的手稿。

"第二步把它们发表出去，要发全国性大刊才有影响，第三步再结集出版。"

李文仰头猛灌一牙缸热茶，脖子上青筋蚯蚓似的蠕动，喉结上下忙碌。李文放下牙缸手开始哆嗦，眼睛发红眼光虚虚地盯住一线破瓦间漏下的光亮，转头问我："我能成功吗？"

酒足饭饱出来一路铃声惹得满村的狗叫，远方山峦是日落西山红霞飞的壮观景象，小治就唱打靶归来，大家跟着唱打靶归来。除了我他们都是李文同学，都考出来有工作单位老婆孩子，李文每年请他们去嘬一顿无非是想在村人面前证明他也是文化人。

胖子说："停，撒尿。"

大家纷纷刹车一溜挺着肚子哗哗地往马路沟放水。面条扣好裤子脸色忧郁地站了一会儿突然哇地吐出瀑布似的脏物。

气筒说："休息一下，休息一下。"

收割完的田野是一茬茬的禾头，间三拉五地堆着稻草，看上去有点类似草原上的蒙古包。我们歪歪斜斜躺在一大堆稻草四周，气筒摸出半包烟散了一圈，前后左右就像农民熬土粪一样冒烟。面条踉踉跄跄走过来，手臂蜘蛛似地也飞舞，说："主人不喝客人反喝醉了。"

气筒说："你哪次喝别人的不醉啊？"

面条反唇相讥说："我不像有的人在家挨老婆打骂，出来自己拿酒出气。"

胖子说："少喝酒多吃菜，够不着站起来，要敬酒就耍赖，天黑之前回家来。"

小治说："气筒是怕老婆协会五全模范丈夫，老婆的话全听，剩饭剩菜全吃，工资全交，家务活全干，烟酒茶全戒。"

气筒看出不对劲，自己成为千夫所指，急忙岔开话题说："吴非你别信鬼话，他们在家全是床头跪出门个个装神弄鬼。刚才灵感跟你说什么？"

我问："准是灵感？"

小治说："这还不懂，李文兄是也。"

气筒说："他一家人去插秧，弄得好好的李文拔腿就走，田埂上奔跑起来。他父亲喊干什么你？李文说我灵感来了回去创作。打那以后，他父亲每次出工都要先征求他意见：'文，有灵感吗？没灵感就下田。'"

面条说："现在整村人都会用灵感这词了，时髦得很，有点像我们警校的学生用弗洛伊德叔本华尼采。"

我觉得荒唐，说："你们也太损李文了。"

小治说："真有这事儿，看到没有，对面松尾溪坡上有一大片草地，李文常去散步，有时像老方丈那样打坐，说是寻找灵感。"

去年秋天的一个傍晚，在乡政府文化站工作的气筒碰上去邮电所给《当代诗坛》寄稿的李文，心血来潮想开个玩笑，就对李文说："省里在开诗歌创作笔会，上午接到《当代诗坛》

编辑部的电话通知，请李文务必在三天内前往参加。"

李文当时很激动，直搓手问："真的？真的？"

气筒信誓旦旦地说："谁骗你？"

李文买不起单车或不会骑单车，去乡政府寄信去县城投稿都是卷起裤管穿一双豁口解放鞋走路，听气筒得这么确切，两颗脚拇指便不安分地在鞋帮小洞里探头探脑，巴不得插翅飞往省城。

5

我说："我们不谈画可以吗？谈画太累人。"

女孩子说："你答应过的怎么可以变卦？"

"画画有什么好？"

"我念师专那几年就特喜欢画画，还参加过省级展览呢。要活得有理想有抱负总得干点什么是不是？我将来呢，要搞个人画展，名字写进世界名人录，大笔一挥就一万美金进腰包多神气啊。"女孩子说。

"你死了这条心吧，小县城出不了画家出画匠，教书当老师多好，寒假暑假要玩北京没人敢逼你玩东京。老了桃李满天下，生日有人送贺卡病了有人送水果死了人送花圈。"

女孩子抿嘴摇头说："我不明白你的意思。"

"你慢慢会理解的好女孩。"

她将一下散在肩头的长发说:"我还是想学画不管你怎么说。"

"那就画好了没事可干画着玩也不错。"

女孩子反而说:"那我还是不画算了,这张也撕掉。"伸手扯画。

我及时劝阻她:"何必呢,这张送我,我用玻璃框挂起来。你叫什么?金秋?画呢?也叫金秋?看不出吹箫的女孩子还真有点像你。"

不知道别人是否觉得我的生活过得单调无聊,我不,我崇尚老死不相往来的现代人生活。

手持洞箫的黄衣少女在金秋的背景下一派迷茫,宛若日本民歌鲁迅小说民间唢呐一般,有着渺茫无助欲喊无声欲哭无泪的感人力量。我右手食指和中指间的香烟袅袅升腾丝丝缕缕,抬眼望她心静如止水。

6

我们馆长是20世纪50年代末走马上任的,当年22岁,在30多年的股级生涯中养成了他这一类小干部不应该有的坏习惯:独自沉思,凭窗伫立,背手踱方步。那天我们讲解放妓女他始终没有插话，聚精会神地在纸上写什么，很神秘。并不见他有规划、汇报、总结、论文之类的出台，问老鱼头老鱼头不屑一顾嗤之以鼻诡秘地说："他写完就扔废纸篓你捡起来看就知道了。"

好奇心驱使我在闷热的中午展开干一团团皱巴巴的纸张，密密麻麻地写着同一句话：小不忍则乱大谋。笔迹苍劲有力，入木三分，功底不凡，是难得的硬笔书法。另一张写的是：仗剑长啸壮怀激烈。第三张是：时也运也命也。还有几张写同一副对联：有志者事竟成破釜沉舟万里秦关终属楚；苦心人天不负卧薪尝胆三千越甲可吞吴。

我说："真看不出馆长雄才大略虚怀若谷。"

老鱼头说："狗屁。他一直以为能当大官，等到满头白发还是这个熊样。你看我随遇而安、知足常乐、满头黑发、全身没一个零件有毛病的，兄弟想比腕劲可以跟你试试，别以为你年轻。"挽起黑不溜秋的胳膊竖在桌上虎视眈眈逼我。

我说："拉倒吧你，哥们儿不想让你出洋相，留点面子给你，在这破烂群艺馆比手劲，兄弟说第二没人敢说第一。"

老鱼头收起胳膊捋下袖子说："当年的县委书记读过几年私塾，能写毛笔字，那年在省城观看书画展，有"慎独"两个字吸引了他，是书画合一的，像打禅的老和尚。书记大人一看作品卡，嗬，还是俺县的哩，了不得。回来就封了馆长，还准备培养他当文教科长。鼓励说要多读书，学马列学毛选学业务，世界归根结底是你们的，你们是早上八九点钟的太阳，希望寄托在你们身上。当年馆长20刚出头还没谈对象，急得全城的小姐都想试试，不骗你别笑，我老婆就是馆长挑剩的。县委书记后来调省里后来调中央，馆长找过他几次，他说仕途之道贵在机遇，所谓可遇不可求是也。年轻人——馆长在他面前永远是年轻人——世界归根结底……"

"好了好了，"我打断老鱼头，"你怎么知道？"

老鱼头说："除了你谁不知道？"

早上我夹报纸，馆长又背手踱方步，平底布鞋踩得楼板咯吱咯吱响。"馆长又想什么了？"我问。

馆长说："思考一下问题，年轻人应该有独立思考的习惯。"

"我的小阁楼窄，没法走动。"我说。

"站在窗边也能思考问题，"他扶手欠身在窗台上说："看看窗外能开阔视野促进思维。"

"我那窗外没什么可看的。"

"你窗外是什么了？"

"窗外是一堵墙。"

7

从省城回来后李文开始发癫。整天在石板桥上来回走，见谁逮谁，逮住并不使坏，掏出诗稿念一首，问好不好，路人说不好，再念一首，又问好不好。路人烦了便说好得很，李文就笑，是那种近似哭声的骇人的笑，迅速在纸头上写某某说好。过路人为求方便，老远就说："李文你的诗非常好十分好实在好。"

后来李文父亲说："最后一天李文从早到晚反锁在屋里，念一句就哭，再念一句就笑。哭笑都古怪得很，有点像叫春的猫。他妹妹吓得直打哆嗦，吃中饭筷子捏不稳。晚饭上桌他才出来，我问他去哪儿，他笑起来。我看清他一脸是血，不晓得他在屋里做什么事。他妹妹见他笑吓哭起来。李文说我去找灵感。我晓得不着劲，就跟去。我看他在草坡上坐一刻，抬头颟看月亮，低头看水皮，就站起来走下水，就没有走上来。"

李文父亲说到这儿，两行浑浊的泪水顺着松树皮脸蜿蜒而下，李文妹妹紧紧贴住他胯部，抬头瞅他流泪惶惑如狗。

我们得知消息后先赶到李文家看他那间屋，原来挂的书画全部撕碎，四壁横七竖八写满粉笔字，仔细辨认是"语言平淡缺乏灵感"。全部诗稿整齐地码在桌上，有一个编辑部的稿签上就写着"语言平淡缺乏灵感"。潮湿的泥地上一条条细沟，像用五指抓出来的。我觉得背后凉飕飕的，毛骨悚然，大家也不说话，出来客厅听他父亲诉说。他父亲最后说夜深人静时还能听到李文念诗。我们每张脸顿时失夫去血色。

然后我们同去那片小松林看李文的新坟，矮矮的短短的一堆黄土，脚上立一块尺把高的粗石。轻风在小松林的枝丫间呜咽，秋阳如慢，周围满是诡秘的阴气。我们慢慢往回走，一路无话，来到水陂草地上。水面平静，粼粼波光闪烁同远处的山峰一起沉默无语。大家就这么站着。气筒不识时务，说："×××的编辑该死，×××的编辑该死。"

我瞬时醒悟，说："假如不是你骗他他肯定死不了，气筒你想想是不是？"

话声未落，面条已拉开马步挥起猿臂左拳击在气筒下腹，气筒歪脸双手捂腹，面条紧跟着右勾拳落在气筒下巴，气筒像一麻袋米糠或谷皮轻飘飘落进水里扬起优美的抛物线，水花溅开如一朵硕大的莲花怒放。气筒扑通扑通游过来，落水狗一条爬上岸。面条不等他站稳又飞起一脚，气筒再次抛入水中。

8

金秋在电话里说："喂，你晚上来一下，七点半我们等你啊。"

我说："什么事弄得这模样？"那边准备挂断了我赶紧问：

"喂喂喂你住哪？"

"红旗中学大门进去，左边有个圆门进去，右边那排宿舍从左到右第三间。"金秋说。

老鱼头戴老花镜仔细瞧报纸中缝，抬头乜我一眼，露出鬼鬼祟祟的一丝狞笑，褒扬的比喻是，地下工作者识破敌人机密后跟自己的同志交换胜利眼神时的微笑，国产电影常有的那种。我手心汗盈盈的，女孩子就擅长用不容置否的口吻命令你干这干那，以显示她有魅力什么的。

金秋笑着说："我一听小可说来了个丑男人就知道是你。"

我说："知我者金秋也。"

那个叫小可的女孩蹲在墙角洗苹果，仰脸长发甩到脑后，抱歉地说："我听金秋讲过你，你别太伤心你气质还是不错的。"

我说："哪能啊，郎才女貌说男人丑其实是变相奉承。"

金秋撅着屁股弄菜，一只电炉忙得吱吱响。小可把一盘垒好的苹果搁在两张拼起来的课桌上，一边偏着脑袋欣赏一边撩起花边白围裙擦手。小姑娘系围裙自有一股说不出的动人风韵。小可找来小刀，苹果在她双手间转动，左腕下便拖出一条长长的皮。小可翘起兰花拈着柄递过来，我双手接过说谢谢，并没有忘记夸她一句削得真好。

金秋弄好的几碟子小菜摆上来，拔了电炉线，说开饭了。小可弯腰憋劲旋红葡萄酒瓶盖，抬头脸红脖子粗说扭不开。

"我来吧。"我说，拔开了瓶塞斟满了金秋找来的三只大小杯。

小可挑最小的举杯在鼻尖三人碰了说："祝金秋生日快乐。"

我说："做大寿怎不吭声啊金秋，砸锅卖铁也要赊个小蛋糕来。"

金秋说："嗬，看不出几有钱一样，我要一套礼服买得起吗？"

小可说："吴非你甭进贡蛋糕来恶心了，上月我过生日一个大蛋糕跟金秋划拳半个月才吃完哩，现在打饱嗝还满嘴鸡屎味。"

金秋坐我右边掩嘴咯咯大笑，说："我拳特臭了，十有八九输小可，后来改抓阄才赢回来几次。"不断颤动的腿老撞击我膝盖，左脚丫甚至扣进我右脚内侧，碍于小可我脸不变色心不跳若无其事吃小菜。

喝完一瓶葡萄酒两个妞脸上都泛出红晕，她们收拾桌面，我只好挪到金秋的写字桌去翻一本堆满尘埃的青年月刊。

小可说："吴非你这么懒，老爷一样要我们伺候，我认识的男孩子哪个都比你殷勤。"

我说："从动机上讲没什么问题,懒的原因是洗碗洗不干净,你们要重洗一遍又何必？我那伙哥们儿也说跟女孩打交道要胆子大心眼细善于做奴隶，我就从来没这种感觉，是不是啊金秋我的确殷勤献不好辜负了党辜负了人民今后要悔过自新。"

金秋说:"越讲越肉麻了,也不看看都把自己咋呼成什么玩意了。"

小可解下围裙拍打裤管理理头发,嗫嚅说:"我,先走吧。"

"我也走。"这种情况下我被迫无奈地站起来。

金秋说:"一起走。"抓起台灯下的钥匙别裤腰上,把住门耳,等我们出来了关灯锁门。

林荫道两边的稻田飘来泥土与青禾的气息,秋虫呢喃,晚风从树梢掠过,摇落片片黄叶翻飞如蝶。三个人就这么散漫地走着,有一搭没一搭地闲聊胡扯。猛然抬头,校园弥漫在灯火辉煌中像一段失而复得的记忆,不禁涌向心头一道莫名的酸楚。

到路口,金秋说:"慢走啊小可。"

我胳膊让金秋扯着,自然而然地站在一起。小可倒退着打招呼:"有时间来玩噢你们一来。"把你们强调得特别重。

目送小可逐渐走远,我说:"干吗了你?"

金秋说:"我们到机场草坪去坐,宽着哪。"

和平与发展是全人类的共同愿望,这座20世纪50年代初期苏联专家设计的军用机场将顺理成章地辟为军民两用,民航的即将开通惹得群众激动不安。事实上在此服股的战斗机是早已被出产国淘汰的米格,目前主要用途是赠给青少年宫供革命事业接班人瞻仰。还有一个名字拗口的非洲国家也用这种米格。

当巡逻的士兵对好奇的游人视而不见的时候，外围的草坪迅速成为年轻人的乐园。

金秋将准备好的塑料布铺开，我一骨碌躺下，让柔软的草皮托着空无一物的脑袋，望着杂乱无章的星空松弛而惬意。金秋弓身坐着，下巴抵在双手抱紧的双膝，自作多情背了一首诗又轻轻唱了一首《望星空》。无人喝彩的表演毕竟让人乏味，她忍不住了扭头说："喂，你这人怎么这么没情趣呀？起来！看看夜景多好。"

我侧身遥望万家灯火，意识到无数的美好生命正在愉悦中消耗，猛地欠身一把揉过金秋箍住她腰身一声不吭。金秋掰我缠在一块的十指骂："干什么，你真无聊还以为你……"

我以唇封住她胡说八道的嘴，以武力的批判制约她批判的武器。那是新开凿的水井，温热潮润充满生机和动感，是希望所在生命所依。金秋坚韧不拔地脱开我，用袖口抹着嘴骂道："你们男孩子不是恶狼就是馋猫，一路货没个好东西。"

9

馆长最近学抽烟，点火的技术夹生，眯眼吸半天，凑近看清燃着了才舒心仰头靠在椅背享受。吸两口就咳嗽，先是用手帕捂着咳，止不住就变了形蜷缩着面壁直到咳出痰来。这不是瞎折腾吗抽什么烟？一贯知书达理风度翩翩的馆长越来越刚愎自用焦躁不安。几次开会都强调他是馆长，对全馆的工作负责，所有的猜测和议论都是没有根据的，有害的，不利团结的。别别扭扭地吸着烟，咳得满脸通红东拉西扯训这个训那个。

我私下里问老鱼头，馆长是不是更年期综合征，老鱼头摇头摆手否认说："嘿，更什么年，你看我有综合征了？我看没有嘛。"老鱼头拉过板凳靠近我嘀咕说："要退了，上边的意思，说他保守有余开拓不足当调研员拉倒。"

"退就退呗，一个小不拉叽的破馆长犯不着要死要活。"

老鱼头说："这你就不懂了小兄弟，人各有志，像我这样胸无大志者不多。嗳，到时候翁副转了正不就缺一个副的？你一个大学生还是有希望的。你上边有人吗？"

"哪呀，有人还来这儿？"

老鱼头点头称是，转着眼珠子打主意，眼珠子定住时主意就有了："活动活动。关键是分管人事的副局长豆芽菜，他抽烟专抽红塔山，我就碰见过馆长去送红塔山。你知道豆芽菜住哪？"

"真不知道，人还不认识哩，这方面你老指点迷津。"

老鱼头说："你拍我马屁没用，我要是真行再臭蛋也可以混个副局长干干。不是给你吹的，我当毛泽东思想宣传站革命领导小组副组长的那年你还没出世，还是单细胞液体状态。管文教科、新华书店、广播站、群艺馆、红新歌舞团等等一大摊子，有点权力的。"

"那后来怎么堕落了消沉了。"

"错了，那不叫堕落也不叫消沉，是醒悟了超脱了。大江东去浪淘尽千古风流人物，当然你年纪轻轻要学上进对不对。"老鱼头说。

老鱼头没让我走，扯住我非喝两盅不可，说慰平生今吾将醉吾将醉兮发狂吟。当我头重脚轻从老鱼头家出来时，已被他捧得飘飘然觉得自己前途不可限量了。

翁副创办了以文养文录像院，乡下的老婆便大大方方地整天坐在门口老鱼头炮制的广告画旁边卖票。小姨子想嫁给城里人一直没机会，也出来为看客供应茶水同时相对象。全馆上下唯有翁副家属在农村，对此没有更多的异议，姐妹俩在翁副的敦促下还算勤快不惹人烦。就是鼻涕老流到嘴里去的小男孩虎子不是撕烂文件就是打翻茶杯十分讨厌。当母亲的扎了一块毛巾在胸前揩鼻涕，虎子就是要保持农村孩子的英雄本色伸舌头舔，母亲急了用录像带盒子打他屁股，我们在楼上于是经常听到骤然而起声嘶力竭的哭闹。

翁副创办以文养文录像院颇受上边喝彩，局里还发过简报。翁副每天在门口坐一会儿帮忙卖票，差不多了进去背剪双手点人数，满意地上楼说："不错不错，比昨天又多了五个观众。"

　　馆长鼓捣出没什么了不起的表情不予理睬，馆长不理睬我们说实话不太好附和，没人附和翁副就只好慌乱地拉开抽屉，装出工作十分繁忙的样子。自从馆长开始练习抽烟，翁副只字未提录像院，也不卖票点人数了。那屁男孩虎子也不太哭闹。上楼来不过是怯生生地叫声爸，要走一张便用笺什么的。翁副摊手说这么大的事我不知道啊的臭毛病一夜之间改了过来，大伙心有灵犀一点通，整天撇开他绕着馆长汇报这个请示那个。翁副知道自己成为大哥大的日子屈指可数，心平气和地让馆长享受大权在握的快意。

<h1 style="text-align:center">10</h1>

　　上边已经宣布馆长退二线当调研员，翁副取而代之。馆里开过座谈会缅怀馆长30多年来的丰功伟绩，纷纷发言歌颂他高风亮节，先人后己，热爱本职工作，爱护下属，不乱扔烟头，不随地吐痰的高尚情操。一边抽烟喝茶嗑瓜子一边搜肠刮肚将自己知道的褒义词串联起来造成完整的句子毫不吝啬地献给他。为什么像馆长这样德才兼备的好同志30多年一直没有提拔使用委以重任？在这一点上我们无法自圆其说爱莫能助，大伙只旁顾左右而不言他。馆长先感谢党感谢人民感谢大家，然后表态说一定要发挥余热当好调研员每天准时上下班。这下大家

面面相觑鸦雀无声，满以为他会卷铺盖走人，这下好了，两人还是面对面上班，大眼盯小眼我们称谁馆长啊？这不给我们当兵的出难题吗。

翁副翁馆长最后说："调研员的岗位非常重要，别单位的调研员不上班专领工资，我们馆的调研员跟人家就是不一样。同志们，我们一定要学习老馆长兢兢业业的工作精神啊。"

那天我和老鱼头正在跟年龄介乎我们之间的半老徐娘自以为风韵犹存的会计调盐水。会计对老鱼头上班无精打采提出质疑，说："老鱼头你昨晚哪去了老实交代免你不死。"

老鱼头说："搓麻将，老头子还能干什么？"

会计说："搓完麻将呢？"

"上床啊。"

会计说："关键的问题就在这里，床上还有谁？"

"谁？老婆。"老鱼头说。

"恐怕不是吧。"会计说。

我说："人家阿姨身强力壮虎背熊腰，老俞全力以赴也只能旗鼓相当，哪有精力干点别的。"

老鱼头说："吴非你不知道，她三五天总要买一根牛鞭炖萝卜给她老马吃，你没听她老夸奖我家老马又长性又硬直？"

会计扛起一大夹报纸像扛着进攻的大旗向老鱼头扑过来："我是说老马为人长性硬直你个下流鬼想到哪里去了。"老鱼头抱头鼠窜会计乘胜追击。

我像美国总统旁观世界大战那样欢欣鼓舞盘算着如何兜售武器。这个时候气筒进来，我十分扫兴地请他入座请教有何贵干。

气筒说："中秋到了。"

我说："是啊是啊中秋一到老婆又要命令你买月饼，送丈母娘送小舅子。"

"你瞎扯什么呀。"

"那就不理解领导的意图了。"

"我们想上山看看李文特地来邀你，我们搞了一辆吉普胖子面条小治全都在。"气筒说。

吉普车是面条单位林业公安的，写着"森林消防"字样。车门打开后排的几个忙往里挪，让我坐在一个陌生女人边上。胖子介绍说："这是沈娜，我们同班同学，有工商局发财。"

沈娜涂了厚厚的口红，向我一笑，大嘴角扯到耳根俨然是血盆大口。有个娘们儿鹤立鸡群，这帮人就文质彬彬跟真的受过高等教育一样。

那块代表李文的石头经一整年的风风雨雨更加黑而粗糙，山上的松树比去年似乎长大了一圈，坟还是光秃秃的。周围长了枯瘦稀疏的芦草不同去年，一阵风过便一律的弓腰呻吟。

六个人在李文坟前不远处围坐聊天，中间塑料纸上摆了蛋糕汽水啤酒苹果等，看上去更像大学生野炊，与凭吊的气氛极不相称。先是有人对李文的死表示惋惜，说不然恐怕也成家立业了。装腔作势没沉痛多久就跑了话题。

小冶说："商业部准许企业生产经销家用卫星电视接收器，广播电视部门明文规定个人不得安装使用。他们打架不要紧，我们电子厂仓库都堆满了。"

胖子说："这叫政出多门。人家石狮市统共才18个部门，什么事还不是这些人顶往干。"

面条说："关键是人员素质，英国警察追回了爱尔兰6年前被盗的一幅18世纪的珍贵名画，价值300万英镑。我们公安几个懂画的。"

气筒说："英国警察有什么了不起，人家法国有个卡温•李素的男青年以接吻为业，年收入10多万美金，已吻过一两千个女人了。"

沈娜用吸管喝啤酒，龇牙咧嘴啃香蕉，打饱嗝了口红还完好无损，总让人想起旧社会的姨太太。她对男人的话题不感兴趣，大幅度扭臀摆胯采撷狗尾巴草，蹦蹦跳跳地嗅着。沈娜穿牛仔裤，两瓣肥硕的屁股绷得紧紧的，将男人们的目光引诱成恍惚的一片茫然，说话也语无伦次了。

西阳挂树梢时，大伙纷纷起立抡胳膊踢腿伸懒腰揉肩膀，无疑是开完一场冗长而无聊又异常重要会议。面条说："下山吧，车子要还了，太迟人家要说话的。"

大家于是收拾东西磕磕碰碰迤逦下山。秋风从身后吹来飒爽有声，蓦然感觉到后脑勺的凉意，一行人下意识地加快了脚步。车过烈士公墓里边已暮色微合，空空荡荡的墓群中一个嶙峋老头在打扫果皮罐头盒烟头及其他废弃物。

沈娜捋着一束狗尾巴草，抬眼问："明年清明节还来吗？"

此时前面堵车，面条拼命摁喇叭，人群慢慢闪开让道，每个人都顺水推舟没有回答沈娜不该提也不必回答的问题。

11

分管人事的副局长豆芽菜姓刁，比《沙家浜》里的刁德一更长更瘦呈弓虾状，每推一下眼镜皱一下鼻子，动作协调步调一致无懈可击美不胜收。要寻找比豆芽菜更恰切的外号的确很困难，不尊重前辈的意见是不明智的。当我花了半个月的薪水买下一条红塔山时可以说心在滴血，该死的豆芽菜专抽红塔山，人为刀俎我为鱼肉有什么办法？但区区一条烟叫我怎么拿得出手。这还不算，要命的是怎么让它顺顺当当地叼在豆芽菜嘴上，万一客气起来或有人碰上就惨了。后来我才明白，把简单的事情复杂化和把复杂的事情简单化同样是年轻人需要克服的毛病。

会客室里高朋满座,豆芽菜说:"哎哟,是刚来的大学生呀!请坐请坐。"

我将报纸包严的红塔山搁在书柜里结实的托尔斯泰和巴尔扎克头顶,坐在一圈大沙发旁边一只小矮凳上,这种效果是容易忽略我的存在,就他们共同关心的问题继续交换意见。各种家用电器一应俱全,通顶书架藏书万卷古董书画琳琅满目,一看便知不是他个人奋斗的结果。

豆芽菜终于起立与客人一一握手道别,我微笑着站在一边,让他们感觉到我们是同一条线上的人。豆芽菜回转身说:"年轻人什么事?来来来,这边沙发上坐。"

意大利牛皮沙发留有体温,豆芽菜倒了一杯茶给我,我立刻受宠若惊,有千言万语涌向心头。

我使出看家本领搬出一整套足以侃倒一打女孩子的写字绘画理论糊弄豆芽菜,同时穿插提一些除非他脑瓜出毛病否则无论如何也回答得出来的问题,总的给他留下一个印象:这小伙子有两刷子,不过是我调教出来的。电视上奏起国歌,我按中国惯例省略副字说:"局长,有什么指示吗?"

豆芽菜说:"没有没有,谈不上指示,就是液化气罐又要换了,一个比一个懒,每次要我动手真是麻烦,唔,麻烦。"

我说:"我明天中午来去换,借辆三轮车。"

豆芽菜始终没提烟的事,老让我担心他会搞错,以为是谁送的。转念一想，不至于吧，人家在领导岗位上这么些年，这点小事还不明察秋毫？这么快活地想着已走到楼下了，新闻联播说什么国家的什么头儿愉快地受了钱其琛外长关于访华的邀请。

在称呼的问题上，经一段时间摸索，全馆上下取得皆大欢喜的一致性意见：老馆长还是称馆长，馆长加姓氏，称翁馆长。老馆长抽烟咳嗽久了就习以为常不觉为非没人理他。实在寂寞了拼命来回翻报纸，不然就很响，也倒水沏茶，水瓶一下茶杯一下，乒乒乓乓直到有人主动跟他讲话为止。翁馆长又卖录像票了，请示汇报签发票到门口去，用他的话说叫现场办公。

一般情况下我们群艺馆这种清水衙门跟工商税务不会有什么恩怨，那天翁馆长派我去换录像院营业执照，我突然想起沈娜，这不想睡碰到枕头吗。我竭尽全力将自己装扮成爱情大师胡搅蛮缠顶了一会儿就下班了，两人顺其自然地扶单车走。在托儿所门口，翁馆长刚入托的坏小子嘴唇上沾一朵小红花吸溜吸溜吹着出来，我为了在沈娜面前表现得和蔼慈善热爱生活，主动蹲下说："虎子我送你回去要不要？"

虎子想了一下，说："吴叔叔大坏蛋。"

答非所问的回答惹得沈娜笑弯了腰，等我回过味来她已上车走人了，回过头说："有空来玩噢。"

始料不及的结果让我恼羞成怒，一巴掌扇在他穿开裆裤的屁股蛋上。虎子哇地哭起来，围了一大堆他花花绿绿的小不点同学，一个翘辫子的小囡囡说："叔叔坏，打人。"

我扬巴掌怒目而视，他们哄地散开，站远了喊坏叔叔。迫于第三世界的舆论压力，我抱虎子在后坐驮他，他还在抽泣，我威胁说："再哭？再哭打烂你屁股，回去敢告你爸也打烂你屁股，听到吗？"

虎子点头说："听到了。"

"大点声。"

"听——到——了。"

老鱼头说："吴非你小子巴结领导有办法，马屁拍到点子上。"

"什么意思？"

"少说废话，想干副馆长明天继续操练。"老鱼头说。

12

翁馆长孤家寡人一言堂领导了半年之后，气筒从乡下文化站调上来当副馆长。两张馆长办公桌头上横着加了一张，视觉上给人以加强领导班子的印象。

老鱼头问："豆芽菜，一罐液化气能烧一个月吗？"

我说："不止，一般烧40天。"

"我以为你有多大丰功伟绩呢，原来才换四点五次液化气。"老鱼头说。

"根本不止，六次。"

老鱼头说："空罐都让你撞上了，不过风雨无阻接送那小王八蛋上学不容易。可惜啊，朝中无人莫望当官，人家老丈人在组织部。"

"我知道，"我说，"他外号气筒，床头跪的干活。"

"你知道还明知故犯？"

我突然愤怒起来："老鱼头，还不是你臭嘴说我是大学生有希望，关键在豆芽菜，现在装什么鸟，事后诸葛亮放马后炮，真活见鬼。"

老鱼头见我真的生气笑了起来，说："别激动年轻人，怒火攻心，该干什么还干什么。困倦时留神门户防野狗，烦闷时等候喜鹊叫枝头。"

傍晚，翁馆长小姨子牵着虎子的手走出托儿所，看到我忸忸怩怩地说："我姐夫说你工作挺忙的，往后吧，叫我接送。"

13

全馆同仁在梅花点点酒楼围了一桌共进晚餐，欢迎气筒走马上任预祝他在新的岗位前程似锦。翁馆长说："让我们团结一致同心同德，把群艺馆的工作推上一个新台阶。"举杯弹冠相庆。

老馆长露出一丝不快，摆下脸筷尖点盘左右招呼大家："吃菜吃菜。"

翁馆长洞若观火，举杯说："第二杯酒祝老馆长健康长寿，让我们在老馆长的指导下继往开来，干杯。"

大伙稀里哗啦推开沙发碰杯，深浅不一地喝一口。酒过三巡就不分彼此了，争先恐后在馆长们面前献殷勤，绞尽脑汁弄出花言巧语让对方喝个底朝天。

梅花点点跟许多新开张的酒楼一样，装潢得非常不一般。装铝合金推拉茶色玻璃门，贴墙纸，安空调，铺地毯，摆转盘餐桌高背沙发，挂梵高第18代徒孙模仿的现代派油画。菜的分量少得毫无理由，仿佛我们都是大腹便便的大亨，满肚子脂肪不吃素不足以显示富贵。穿旗袍的小妞忙上忙下倒酒接菜端盘不亦乐乎，旗袍摆开三角尖处便露出高统丝袜不及掩盖的细微部分，如此这般菜少一点也不好发火了。遗憾的是进入优雅的地方人未必随之优雅，适应必须有过程。气筒几次咳出一口痰，鼓起腮帮子找不到吐的地方，不假思索吐在地毯上，烟灰也天女散花般乱弹，那妞敢怒不敢言微笑和愤怒将一张颇为标致的脸结合得尴尴尬尬。组织部的老丈人并没有把气筒调教得高雅些许。

带着酒意回房间，盘腿蜷缩在沙发上一根接一根抽烟，目光透过烟雾，始终盯着墙上手持洞箫的黄衣少女金秋，思绪缥缈思维恍惚，胸中充塞棉花状的烦闷。金秋。对，臭丫头居然敢一整星期不来了，落井下石雪上加霜火上加油，没错，找她去。

骑单车到红旗中学门，口正好响起晚自修的下课铃，学生从透明的教室里潮水般涌了出来，安逸清静的校园突然喧闹而嘈杂。大潮过后海面重归平静，教室先后熄了灯，剩下教职员工宿舍一排冷清地亮着。晚风吹醒的我不再理直气壮，准备敲门的手婆婆妈妈地犹豫起来。这样回去我将更加空虚，这都成什么玩意了哥们儿。于是干脆急促地敲开了金秋的房门。

金秋左手托画盘笔叼在嘴里腾出右手开门，说："你先坐一会啊，我差一点就完了。"

我坐在台灯下重操旧业翻看那本青年月刊，金秋站在硕大的画布前偏头看画。添上几笔退远了看，又蹲下在边边角角涂点什么。画上是一栋倾斜的破房子，边上好像是岩石一类的东西，有黄色的太阳挂在右上角，整幅画反射油彩特有的寒气逼人的色泽。看她暂时还没有罢手的意思，我打算读完青年月刊的最后一页，那里登了几则密密麻麻的征婚启事。饥不择食狗急跳墙的男男女女粉墨登场各显身手，有钱有势的说真话语不惊人死不休，才不出众貌不惊人的说假话弄几句情意绵绵的空话敷衍塞责。

封三登了一首看了没法不生气的歌曲，忍不住冲金秋喊："有完没完？不欢迎直说。"

金秋扔下活计，摘一节卫生纸擦手，说："别生气了吴非，你看画得怎么样？"

我没好气地说："就那么回事吧，什么怎么样。"

金秋丢了那团纸倒了一杯水给我："说说看嘛，你不是挺会理论的吗？"

"我在大女画家面前算什么东西，岂敢胡说八道。"我说。

金秋坐在床沿上温和地面对我说："吴非你是不是气了，啊，什么事呀惹你这样？"

"你画你的画去吧！管我是不是生气。"

"咦，这就怪事了，我画画你生哪门子气？这不牛头不对马鼻子吗？"金秋眼神变得吃惊。

"我叫你不要画你为什么不听？"

金秋拉下脸站起来说："告诉你吴非，你是我什么人管我贼紧？校长还鼓励我呢，也不替我想想，我是上哪门课吃哪门饭的……"说着说着眼圈就红了，泪珠儿打转。

我一下六神无主词不达意："我不是那意思，我的意思是……"

金秋拉开门说："你走吧，我要睡了。"

我悻悻地开锁扶车上路，金秋斜倚在门框上说："吴非我就讨厌你眼高手低舍我其谁的臭模样。"

14

"吴非我们去卢老师那坐坐，他特理论了，专研究人家老外的抽象画感觉倍儿好。"金秋说。

"我徒弟中没有姓卢的啊，我怎么不知道有这一路高手？"我说。

"你损人家干吗？聊聊总有好处的。"

"聊什么呀，讨论就是过招过招没有不伤感情的，我无缘无故多个敌人又何必呢。"

小可坐边上笑眯眯地说："啊，吴非，过招就怕了？还男子汉呢。"

我说："春风吹战鼓擂这个年头谁怕谁，好歹我还背得出好几个外国人的名字。"

小可大笑说："没错哥们儿，挑四个字以上的背，有阿利克赛马克西诺维其彼什科夫这样的名字最棒，可惜高尔基不是画家。记住，要背原名，连名带姓一起上千万别省略，省略了效果就出不来。"

卢老师住金秋隔壁不远的一间，我们三人杀气腾腾地去跟他讨论艺术，门没关，小可蹑手蹑脚猫过去，"逮"的一声吓了他一大跳。见我们三人进来忙合上《外国艺术家鉴赏词典》，说："春风浩荡送来了远方贵宾。"洗杯沏茶。

小可说："这是我们学校美术老师金秋，同行，这是群艺馆吴非，都是搞艺术的，介绍你们认识切磋切磋。"

我心想坏了坏了，人家刚看词典临阵磨枪不快也光，肯定被杀得片甲不留，必须玩虚的。卢老师一杯茶撂在茶几上说："你最喜欢谁的作品？"

我胡扯说："毕加索《巴黎蒙巴特大街夜景》，表现城市人对寻找家园的渴望……"

卢老师说："你搞错了，《巴黎蒙巴特大街夜景》是法国毕沙罗的杰作，毕加索是西班牙人。"

两丫头笑得前仰后合，小可说："吴大哥，巴黎在法国不在西班牙。"

卢老师旗开得胜赢了第一个回合，乘胜追击展开全面攻势，光法国就列举了莫奈、西斯莱、雷诺阿、马奈、塞尚、高更……

再这样下去岂不兵败如山倒？看俩娘们儿佩服得一愣一愣的我就气不过，抓住卢老师喘不过气来喝茶润喉的有利时机，我决心发动中国画家以弘扬国粹反击崇洋媚外。先放出徐悲鸿的马，再抬出郑板桥的竹，然后齐白石老先生的虾兵虾将和黄胄的驴子，以及吴作人的熊猫兵分海陆两路直捣法国巴黎给卢老师以有力的回击。正当古今大战秦俑情之际，一个班长模样的学生抱了整摞的作业簿进来并汇报了晚自修的情况，因有客人在场汇报工作显得准备不足匆忙上阵。见好就收是我一贯坚持的外交原则，便先站起来，招呼她们说走吧，再与法国佬的外甥握手道别，扬言有机会一定互访。

一出门我就说："这年头小猫小狗都搞艺术，艺术岂是谁都能搞的。"

金秋说："不如人家不承认还背后贬，哼。"

我说："什么呀，背名单谁不会，我背五百个老外的名字给你听要不要？"

"你耍嘴皮子呈什么能，"金秋说，"人家卢老师的作品在省内外十多次获奖，我也最近才知道，不如别人就要学，对不对小可。"

"那你就向他学好了，不要找我。"

小可打断我的话："这就是你的不对了吴非，金秋哪一点对你不起？你这样说话不太伤人感情吗。自尊心强也不是这样没个数乱强呀。"点着我鼻子骂道。

金秋咬住下唇含泪在路灯下脸色苍白，扯小可说："别理他小可！你滚蛋吧，也不瞧瞧自个什么货色。我还会找你，哼，就当我眼珠子长在脚底心。"

这样恩断仇绝了无瓜葛地过了个把月倒也十分快活，跟一帮没心没肺的哥们儿喝酒跳舞看电影痛快得想自杀，想想跟金秋在一起艺术全身每个毛孔都紧张根本谈不上心情舒畅。

这天正在跟老鱼头讨论是否办一次人体画展赚他一笔年终分红。小可打来电话说："金秋晚上想请大家聚聚。"

"聚什么聚？"我问。

"金秋的油画《乡村记忆》发表在《小草》封二，拿了一百多稿费。"小可说。

"就画那破房子呀。还有谁呢？"

"当然还有卢老师。"

"什么叫当然？我不去了。"

"吴非你这样我太失望了，男孩子怎么可以光有肚量没有胸怀呢？"

"随你怎么理解了姐们儿，反正我不去。"

"你会后悔的。"

我不想听挂断电话。放下听筒半天缓不过劲来，咽下一口唾液，将肚子里涌上来的一股醋意拼命压回去。

听会计说一句你们男人真不要脸，也搞不清他们关于人体画展的问题讨论到哪里了。

15

老馆长病倒了，经医生诊断为慢性肺炎、腰肌劳损、高血压加糖尿病。

翁馆长卖完录像票上来看文件，偶然发现对面办公桌积满厚厚尘埃，问正在歪头疾书着什么的气筒说："哎，他好像很久没来了？"

气筒抬起头一脸茫然，思索一番后说："大前天有来，记得还拿走一大摞他自己的手稿。"

老鱼头说："住院了，中医科605。"

会计说："怪不得我见他老婆昨天提碗罐从医院出来。"

翁馆长对气筒说："我们要去看一下。"

气筒站起来拧好笔套环顾左右说："没什么事大家一起去吧。"

翁馆长说："这样吧吴非，你去买点东西，控制在——唔，50块以内。对了，记得开张发票回来，能不能写成文化用品好入账一些。"

会计说："写便餐也可以，还不是馆长大人你大笔一挥。"比画了一个一挥而就的动作，顺带飞了翁馆长一个媚眼。

我说："边走边买吧，东西路上有的是。"

气筒一挥手说："开路。"

我提了一网兜太阳神麦乳精罐头之类，一行人在老鱼头率领下浩浩荡荡有说有笑地开往医院，门诊大楼前堆了一摊刚刚上市的西瓜，会计说："我来提，你去买个瓜来。"

605房两个床位，另一张床上摊着松垮的被子，随意扔了一本封面上除了女人大腿什么也找不着的杂志。我们庄严肃穆地进去时，老馆长半躺着也在读一本大同小异的东西，见一咕噜来了这么些人，忙坐起来，手上的书丢到对面床上，有点不好意思地跟大家握手。会计把手上的东西挤在桌上一大堆罐头和水果之中，我怀抱的西瓜只好放脸盆里。人太多坐不下，大家就围在床边站着，翁馆长责无旁贷地代表全馆握住老馆长手寒暄，好好休息安心养病既来之则安之一类的话，车载斗量说到老馆长消化不良频频放出响屁。该说的都说了，沉默了片刻，大家都意识到该走了，又一一握手道别。翁馆长第一个进来最后一个出去，叮嘱老馆长有什么事尽管吩咐，回过来喊："吴非你来一下，"推我进去说，"有事就叫吴非帮忙。"

两人没事，老馆长提议吃西瓜，我说："挺好，不吃白不吃、吃了也白吃、白吃还要吃、大家都白吃。"

住了一星期老馆长就嚷着要出院，说："本来就没病的，我老婆非要我来检查，一查就查出毛病来了。"

医生抓了一大包黑白黄三色药丸子，交待他不能抽烟喝酒要多喝开水，少吃刺激的酸辣，睡好觉别着凉。他老婆来收拾东西，我抢着提了个热水壶三人凯旋。

老馆长房间四壁挂满不知什么人写的字，宽大的写字台上铺了绒布摆着笔砚，地上成堆成堆写废的报纸和宣纸，书架上马恩列斯和毛泽东整整齐齐站在那里，以及许多终身守节没人动过一指头的世界名著。《求是》《党的生活》《每周文摘》一溜挂在墙上。

他老婆喊："小吴，下来喝茶。"

下楼见一个虎头虎脑的男孩，我问："这是你孙子吧？"

"最大的。"老馆长说。

我问那男孩："你爷爷常给你讲革命故事吗？"

男孩说："才不呢，以前跟爷爷下棋，现在天天打电子游戏机。"

他老婆说："小吴你不懂，革命故事都是讲给别人孩子听的。"

老馆长家阴暗潮湿，是老祖宗的遗产，客厅没开窗沉沉闷闷的，心想他在家如何凭窗伫立或踱步沉思呢？我说："馆长这屋没窗，不影响你思考问题吗？"

老馆长沉吟片刻说："唔，房间有窗，有窗。"

我记得刚才没发现窗户，可能是关死了没引起注意，肯定是个大窗，每天打开迎迓新鲜空气和阳光，老馆长不时俯身远眺窗外景色清理思绪寻找灵感。我撂下茶杯，再次上楼找那扇伴随他几十年的光明之窗。我巡视良久，以为有窗帘挡住还是怎么样，找了半天才在一幅纸质发黄霉渍斑驳的"慎独"大字背后摸到窗框，拽开"慎独"，推开木板窗门才看清它仅仅只有十八英寸彩电屏幕那么大。更重要更让我失望的是，窗外是一堵墙。那堵墙近在咫尺，不知名的藤蔓和蜗牛顽强地爬了上来。

16

出院没几天老馆长就来收东西，说以后不上班了，领群艺馆工资，全心全意当好关协理事为培养接班人贡献力量。两位馆长喜在眉头笑在心，号召大家打扫。我一直借用老鱼头的一个抽屉，这回翁馆长明确表态老馆长这张桌归我使，摆在老鱼头对面，因此干得特别卖劲。拖地板的时候有人塞了一张请柬在我上衣口袋里，抬头看是小可，小可已开溜了回头说："你看看就知道了。"

不就一张催款单吗有什么好看的。中午回去午睡才想起来看看是哪个妞又要遭人蹂躏了，坐沙发上边抽烟边产生一些与婚礼无关的联想。有个成语叫当头棒喝，讲的就是我看清请帖上那两个名字时所产生的懵懂感。我无论如何不能把金秋与眼前那幅画的作者联系在一起。满心以为她是柔弱的拉丝面，透明的矿泉水，善解人意的八音鸟，没想到她会残忍地对我。

在宴席上，金秋和姓卢的款款过来敬酒，我受全桌的委托致贺词："祝你们爱情甜蜜，青春似火，身体健康，事业蓬勃。"

然后一杯酒泼在金秋浓妆艳抹的脸上，全场一片惊呼，姓卢的大喝：你想干什么？我一声不吭，揪他的衣领将他按在桌上狠命地撞，他抬起头来双手乱抹脸上脖上的残羹……

我躺在床上辗转反侧无法入眠时胡思乱想产生了幻觉，想象中自己英勇无比出尽风头而让新郎新娘丢尽了脸。

事实上那天晚上的酒席始终什么也没有发生，跟其他人的婚礼同样热闹同样平淡殊途同归。我这一桌都是红旗中学男教师，全是陌生脸孔，小两口满脸堆笑过来敬酒时，他们一哄而上七嘴八舌堆砌空洞无物的华丽辞藻，没让我插上一句，我也觉得没什么多余的话可说。

话不投机半句多，散席的鞭炮一响，我就从乌烟瘴气中逃了出来。

夏天就要来临，夏天是比较容易衍生故事的季节。街上闲逛的人渐渐多了，一簇簇花枝招展的少男少女结伴而行，勾肩搭背的无疑在热恋中。我酒意微醺的脸上似乎有凉意，伸手抚摸湿漉漉的，仰头发觉路灯下雾蒙蒙的细雨飘飞。一股寒冷穿胸而过，不由自主竖起衣领，酸楚如蚂蚁般从鼻腔爬上去变成苦涩从眼角漫出来。

我就这样在街上漫无目的地走着。

脚尖碰到自行车胎猛然站住，一帮哥们儿嬉皮笑脸地骑车排在我面前立定，其中一个说："看不出吴非也会酸溜溜地玩深沉作痛苦状，有什么鸟事不顺心跟哥们儿说说不就完了。"

我甩甩头将烦恼同头发上的水珠一起甩落，正眼面对他们时已恢复了从前的那个我。

我说："没什么不顺心的哥们儿，兄弟感觉活得就是幸福。"

他们说："这就对了。"

原载《海峡》1994 年第 6 期

迷　途

1

　　高扬死在连日阴雨绵绵之后一个晴朗的日子里。并非梅雨季节的长时间雨水下得人心慌乱，无事可干的人们睡意蒙眬中看到石灰墙上的褐色霉斑日渐扩大，以强硬的横蛮霸占领土。这是福建西部塞畲村的一个夏季雨天，若干个慵懒的年轻人窝在村头唯一的小店里打扑克，选拔输家掏钱喝酒。老板拖把小竹椅坐门前，屋檐水砸在他脚尖，产生微小爆炸；雨声像一张布罩在头顶；无肉的骨头锅里翻滚，飘荡的香味也似可有可无了。年轻人的牌一张接一张甩向他后脑勺，他又选了个位置，重新坐好。

老板抬起头时高扬骑单车飞驰而过。警官牛古后来找他，老板就后悔自己不该抬头，我不是有意的，他说。

难得的晴天，受潮的衣物比太阳更早出现在村子里。然而，风很大，把所有的晾物吹成沉甸甸的斜面，一个硕大的红色塑料袋里边鼓满空气，在屋顶之间蹿来蹿去。沉默的高扬是个勤劳的青年，总是早出晚归。母亲进他房间抱被子出来，她并不在意他已经不在房间了。高扬妹妹早晨挑一担炭灰去粪寮倒，她这时奔跑回来了。肩上两个粪箕是展开的翅膀，她鸟一样在风中踉踉跄跄跑过曲折的田埂，残余的煤灰飘飞着追赶她。大风把她的呼喊声打碎了，人们听不清完整的意思，只看到翅膀飞过木桥时折了，一只粪箕掉进河面，扁担也跟了下去，她迅速逮住另一只挎肩上继续奔跑。

紧接着人们看到高扬妹妹率领父母亲往粪寮方向奔跑，情急中她忘了放下粪箕，还挎着跑在前头。然后是只卷一只裤管的父亲。风太大了，后面的母亲看去只有奔跑的动作，却没有奔跑的速度。跑在最后的是他们介于哭叫和诉说之间的杂乱无章的声音。人们意识到了什么，便有好事者紧随其后。

高扬壁虎那样张开四肢趴在灰堆上僵硬无比，炭灰淹没了他部分躯体。后来居上的年轻人说是自杀的，立即吃了高扬父亲一记响亮的耳光。此时大家听到头颅撞击木门的沉闷之声，纷纷扭头，高扬母亲已晕倒在低矮的门槛上。有热心人自告奋勇抬她回家。

2

警官牛古是在麻将桌上接到刑侦队传呼的。什么鸟事？睡眠严重不足的牛古垂着眼皮问。刑侦队长似乎还没洗脸，眼屎在眼角处亮晶晶的，塞畲村死人了，队长说，你去看看。牛古嘀嘀咕咕骂着去启动边三轮，边三轮的龙头坏了，走起来急想向路边冲，一窜一窜的姿势跟牛古一样萎靡不振。

警官牛古走到粪寮前，一大堆人被一个枯干的老头挡在门口，老头劈腿伸臂成大字。老头远远看到一顶大盖帽浪尖的船那样飘过来，收起大字扑过去握手，高扬被杀了，我保护现场，老头说，他是我的儿子。牛古脱帽扇风，然后掖着低头钻进粪寮。大家鱼贯而入。牛古点燃一支烟蹲在边上抽，他瞪着高扬的尸体，大家瞪着他。牛古抽完一支烟就站起来，拍打拍打帽子戴上出去。老头急了，一把抓住他袖子说，你没细看，公安同志。牛古说，看个鸟，自杀的。大家交头接耳议论，老头更急，比画出某种动作说，你没拍照。牛古耸肩笑了一下说，没机子，你有吗？老头搂住他一只胳膊说，是被杀的，我保证。牛古说，你保证是你杀的？老头傻了眼，松开手。牛古轮了一圈疲劳过

度的眼珠说，去你家看看吧。老头手舞足蹈向牛古倾诉，高扬
是乖孩子，不说话，干活，从不让自己闲着，从小就听话会念书，
考大学差两分，他不再念。老头别脸指后边成一线跟着的人流
说，高扬不抽烟不喝酒不赌博，你可到全村问问，他就爱干活，
落雨天没事拨弄收录机。

高扬房间里塞满阴暗的霉味，牛古关上门搜索。一会牛古
就出来了，老头迫切地问有收获吗，公安同志。牛古扬一下手
中的纸说，就这。老头夺过来细看是一张欠单，纸头有"驾驶
员培训中心"字样：

队长50元

群珍43元

豆干18元

牛古折好纸说，高扬在培训汽车？老头说，他要学开车，
我借了五千块钱让他去，不常回来。牛古说，知道了，我可以
走了。老头的四肢又张成大字说，不行，吃顿饭吧。好吧，牛
古沉思片刻说。牛古重又关上门，躺在高扬床上睡觉。

饭桌上，猛然想起，高扬回来干什么呢？牛古筷子敲打碗
沿问。不知道，他很少回家，老头说，他昨天回来我在田里，
我回来的时候他已经睡觉了。那谁知道他回来？他妈。人呢？

气昏了，在床上。还有谁？豆干。哪个豆干？刚才送菜的老板，还有一碗汤要送。

豆干把葱花豆腐汤端上桌，提篮子要走。豆干，你昨天看见高扬？豆干转过身，吓白了脸。高扬穿雨衣，骑单车，飞快，没看清，豆干说，我不是故意要看见的。牛古说，我知道你不是故意的，坐下慢慢说。高扬借你18块钱干吗呢？豆干刚坐下噌地站起来，绝对没有，我从不借出去一分钱。牛古出示欠条给他看，豆干举起双手作投降状说，我可以发誓，公安同志。知道了，你走吧，牛古耷肩灰心丧气。

3

在一排废弃多年的营房里，警官牛古找到高扬的同室方格。方格是个热情而能说会道的青年，他弄清楚牛古的身份和来历后，提了几瓶啤酒倒满牙缸给牛古就讲开了：高扬平日里不太说话，人特勤快，你看我们房间干干净净，都是高扬打扫的，他还帮队长洗衣服。队长军队转业，可凶了，老踢我们屁股，就是不踢高扬。高扬聪明，教练一讲就懂，一学就会，就是不爱讲话，老看窗外发呆，他女朋友叫群珍，也不像是在想她。昨天吧，昨天上午队长躺在车底搞车，我看高扬扛手摇出去，走到车前，高扬举起手摇，像要砸队长的样子。队长的头在车肚下，看不见，旁人也没别的人，我吓坏了，喊了一声。高扬扭头瞪我，脸都变形了，手摇咣叮一声丢地上。队长满脸黄油钻出来，说，干什么你。高扬就跑回房间，收拾东西。我问他干吗，他不说话，满头大汗，昨晚才晓得他回家了……

牛古打断方格的话，高扬死了，自杀。

方格扑哧笑了，一口啤酒喷在牛古皮鞋上，全世界死光了高扬也不想死，方格说，他人聪明，女朋友又漂亮，不可能自杀的。

牛古问，你们队长呢？

方格吓了一跳，睁大眼睛吃惊地说，你还没听说，队长昨天下午压死了。教练放我们三天假，让等新队长来。你看，大家都回家了，就剩我一个人，我的单车被高扬骑走，他还不送回来，我要去坐龙马车。

牛古果然看到外边许多教练卡车横七竖八停在宽阔的操场上，红白相间的标杆插成某种方阵。牛古脑瓜嗡嗡响，又想睡觉了，他拍拍额头起身告辞。操场上的沙粒被炽热的阳光晒得耀眼的一片，蝉声突兀响起，像一节节的木棍扔向牛古。牛古原地转了一圈，居然判断不出蝉在何方。

走进焕然一新的交警大门，牛古惊诧于一年没来交警就盖了新楼，相形之下公安局就太寒碜了。牛古经常可以听到会计关于银行户头仅剩5块钱的感叹，看到秘书起草的关于向财政要求追加拨款的报告。交警真富，牛古想。警校同学黄瓜笑得一脸都是牙齿，听牛古要了解队长的案子，脸上的牙齿又多出来，血红的牙床都露出相当的部分。干了十多年第一次处理自己压死自己的案子，黄瓜说。

正在修路不是，一个厂的发动机要运到福州，在我们路段陷了，折了钢板，就请队长帮忙。本来呢，他那破烂教练车不能走长途，可人家出一万元，他就鼓弄了一下装上了。发动机可是十来吨哪，体积又小，他怕压断车厢，于是垫了一层铁板。那破车没开多远，突然自个刹死，发动机往前冲，就把驾驶室压扁了，人还不压成碎片？这事不能怨谁，第一教练车不能跑长途；第二是超载；第三没有钢绳固定；第四不准垫铁板要用木板。队长是老司机，不会不懂，我只能理解为阳寿已尽自己找死。黄瓜抑制不住兴奋，滔滔不绝，牛古听得头晕眼花。

黄瓜坚持留牛古喝酒，说同学难得一聚。牛古想睡觉，坚决要走。黄瓜无奈，要开蓝鸟送他，牛古抛起钥匙，说金车银车不如自己的破车。走向长江边三轮时，牛古发现眼前黄瓜的四肢依然干瘦，只有臀部肥硕了不少。

4

群珍是乡供销社的售货员，站儿童鞋帽柜。牛古去的时候正停止营业，兴奋的人群蝗虫似地围着绕来绕去。牛古挤进二楼走廊，年迈的妇人拼命擂其中一扇门，她哭喊说，还我女儿还我女儿。主任向牛古介绍了事情的原委，昨晚小查跟群珍去散步，群珍摔死在马路沟，这不，群珍母亲向小查要人呢。牛古说，这怎么行呢？主任说，没法子，劝不住。

有牛古撑腰，主任口气硬多了，让开让开，公安局的来了。老妇见牛古严肃的面孔也停止擂门，怯怯地说，政府要为我做主啊。

小查趴在桌上呜呜地哭，背上已哭出一片汗渍。牛古关上门，主任说，公安局的来了，小查，你要说实话。

我和群珍是同一批招工进来的好朋友，她谈恋爱谈得好好的，怎么就死了。我说看电影她说散步，主任知道我喜欢看电影，可是她说要散步。我们走新马路，刚倒的水泥，平平整整，特好走。我去买了两块冰糕，主任知道我不爱吃冰糕的，我爱吃泡泡糖。我去买了两块冰糕，群珍前头走，我买了两块冰糕出来群珍就不见了。我拼命喊群珍群珍，没应我。走前头一点，最多一百米，就看到挖得非常深的沟，又喊群珍，没人应，我想她肯定是不小心摔下去了。跑回去借了卖冰糕的手电，一照就看到群珍红色的裙子。我吓哭了，坐在水泥板上起不来，以后来了很多人把群珍抬上来。我哭到现在。群珍是我同一批招工进来的好朋友，谈恋爱好好的，怎么就死了。

牛古头痛欲裂，没做笔录，他想睡觉。主任说，这是偶然的事故，不关小查事。牛古随口说，不关小查事。小查说，公安局都这么说我就放心了，你们不懂，群珍妈擂了一天的门，把我胸口都擂烂了。

主任说，包工头被我叫来了，应该是他的责任，你是不是见见。牛古说，见见。包工头是个蓄长发的焦黑青年，他在主任办公室抽烟，牛古看到烟蒂已在缸里堆积如山。他迷茫的眼神和牛古犀利的目光相遇打了个哆嗦，尽管稍纵即逝牛古还是捕捉到了。

包工头说，那一段填高八米，设计时没讲排水渠，我都倒好水泥了才讲，没法子，只好挖下去。本来有木板围着的，下工前我验过，怎么会没遮没拦呢，你想想挖八米深的可能没拦吗？我估计被附近农民拆走了，他们常偷我的材料，别说木头，钢筋水泥他们也偷。你们公安局可要管管……

牛古头晕眼花的老毛病又患了，神志有些迷糊，在主任要求处理的喋喋废话中下楼。牛古启动边三轮，眨眨眼，摇晃几下头颅，清醒了一些。主任握紧离合器请求他处理此案。牛古恼火非常，狠狠甩开主任的手，大声喝道，这鸟事不归我管，老子破案。主任惊愕在一边，牛古的边三轮疯狗似地窜了一下。

5

边三轮疯狗似地窜了一下就不走了，牛古怎么踩也点不上火，不得已坐地上折腾。主任刚遭训斥，明显露出得意之色。暮色渐渐四合，围观的屁孩子已面目不清，牛古还在徒劳地踩发动机。

牛古拱着屁股推边三轮去乡派出所，仅有的一个民警也不在，牛古锁上车留了条子坐私人中巴打道回府。

牛古靠上高背，觉得被抽空了骨骼，疲倦之极。忽明忽暗的灯光照着紧闭的眼帘，错车的轰鸣如雷贯耳，牛古觉得它们都很遥远，意志更加朦胧。牛古回忆从早上被刑侦队长拖出麻将桌一天的侦破经过，不禁毛骨悚然。

毫无疑问，高扬是自杀。但是为什么自杀这么简单的问题忙乎了一天居然也没有任何进展。牛古想起唯一的证据，抖擞精神从胸袋摸出那张欠账单，展开细看。乘有人上下车内开灯的机会，牛古脑袋嗡的一声，他辨认出欠帐单上涂满两个字的痕迹，字迹潦草形状各异，牛古看出来是"没劲"。

也就是说高扬写了无数个没劲后撕掉，再写欠账单，然后下决心一死了之，喝了一瓶乐果。居然有人为没劲自杀，牛古脑瓜又嗡的一声巨响。牛古恍惚间觉得自己就是高扬，没劲透了，牛古想。想到这里牛古一阵恶心，立马要吐。

牛古伸出窗外呕吐，路面像传送带飞速溜过他眼底，又一阵抑制不住的心慌。牛古巴不得肠胃一起翻出来让风吹拂一遍。

牛古听到车厢内异口同声绝望的尖叫。呼啸的风掠过他耳畔，稀释了尖叫的恐慌。

坐在牛古后排的旅客在思维停顿的瞬间，清晰地看到迎面扑来的大卡车与中巴擦肩而过，牛古的头离开躯体，头颅像掏光的西瓜皮轻飘飘地在空中飞转数圈，不知落在何处。抛弃了头颅的脖颈靠向高背，白生生的切口非常之整洁。中巴急刹下来，牛古后排的妇女满胸膛恐惧从口腔破门而出，像一个硕大的陈年酒瓮摔在玻璃窗上。

只是没人注意到那张欠账单长时间在暮色苍茫的空中飞舞，如一片无枝可依的深秋落叶。那是解开高扬死之谜的唯一线索。

原载《厦门文学》1995年第2期

入选《厦门文学60年作品选》（厦门大学出版社）

葡萄没熟

从县农业局下来的工作队员李有才一张苦瓜脸，塌鼻小眼嘴似猿猴，高瘦，看上去飘飘欲仙，屁股像两片风干的腊肉。工作队员李有才中级职称，属于知识分子。知识分子李有才走家串户要求大家栽葡萄，他说葡萄是上等水果，既可酿酒也可以加工成葡萄干出口创汇。李工作队唾沫星子满天飞，目光炯炯仿佛两只熟透的葡萄。有几个念过初中或高中的小伙子摩拳擦掌跃跃欲试，他们从葡萄联想到新疆，联想到羊肉串，联想维吾尔族高鼻梁大姑娘，联想到长辫子扭脖子舞，联想到葡萄架下你追我赶的热恋。

阴雨连绵的春季凌晨，天空布满云翳，像懒婆娘随意挂上去的脏兮兮的破抹布。雨毛飘飞，伸手捉摸不到，脖子上又阵阵发冷，心急的草牙开始探头探脑。李有才站在大队屋檐下龇嘴刷牙，白色泡沫一咕噜一咕噜冒出来，汲一口水仰头哈啦哈啦，然后喷在一只精神抖擞的老狗背上，老狗回头骂了一句什么。李有才说这鬼天气，不过种葡萄挺好。李有才洗了把脸，手心蘸了水，把薄薄的头发抹在每一根应有的位置上。你借单车给我，葡萄苗弄回来优先给你，他说，这鬼天气，不过种葡萄挺好。李有才在是否要带雨伞的问题上犹豫不决，锁了房门偏头看天伸手接雨，倒回去拿伞，出来想了一下又放回去。偏腿骑上我崭新的破单车又说了一句，这鬼天气。我崭新的单车掉了前雨盖和右踏板，松了前闸，被盗了铃铛，骑起来破烂不堪。不过知识分子李有才不介意，他昨晚跟我说，明早你单车借我，回单位领葡萄苗。

晚上喝完番薯稀粥，父亲在剔牙，妹妹在清扫桌子，一只燕子展开优美的双翅掠过我们头顶，飞舞出动人的姿态，很让人惊诧很新鲜。怎么这么早回来？我说完这句话，李有才单薄的身影就堵在低矮的门口，像风浪中的桅杆。李有才小心翼翼解开塑料布包，里面躺着一束尺把长的黑色藤，他说这就是葡萄苗。葡萄苗在昏暗的电灯下黯淡无光，全家所有的脑袋瓜凑前去仔细观察，越看越不是想象中光彩夺目的、妙不可言的、传说中晶莹剔透的东西。父亲忍不住哈哈大笑，一根牙签喷在李有才脸上，磨磨蹭蹭掉下去。李有才很不高兴，说有什么好笑的，你们不要我拿走，无知啊无知。我连忙说要要要。李有才白了父亲一眼，捏一根撂桌上，再捏一根撂桌上。牙星朝上，根部包头发插在肥沃的地方，要有架子让它爬。李有才边包扎边说。

以后若干个月的时间里，全村沉浸在即将改天换地的喜悦中。年轻人三五成群勾肩搭背嘻嘻哈哈踩过石板小街，葡萄发芽了，他们笑着跟路人打招呼。大姑娘小媳妇先是探头探脑扭扭捏捏，后来也手牵手走在小伙子前面，夸张地摆胯，塑料凉鞋敲击石面咯嗒咯嗒脆响，较俏丽的一个还把垂在前胸的长发用劲甩向后背。他们挨家挨户地看，有的照样是一截朽木，有的居然冒出乳白色透明如指甲的叶片，春风吹过，小叶片一阵哆嗦，同时把她们发际间的气息荡漾开来。俏丽的那个一声尖叫，又甩了一下长发，眼尖的小伙子清晰地窥见她脖颈左侧一粒绿豆大的黑痣。象征美好和富裕的葡萄芽给乡村冗长的生活带来的新意已远远超过葡萄本身。发生在葡萄架下的爱情故事随气候的渐暖而触手可及了。

工作队员李有才要走了，人们怅然若失。支书找出废弃多年的牛皮大鼓，换上鲜红的绸带，削了鼓槌，找来当年的鼓手。鼓手活动筋骨，试着敲了一个上午，也能敲出一种热烈的节奏。欢送李有才那天，大鼓架在供销社门口，鼓手挽起袖子猛敲，鼓上"革命领导小组"的字样便一阵阵颤抖。给村里带来新希望的李有才赢得大家由衷的爱戴，男女老少在鼓声引导下都出来送行。支书为李有才挂上纸扎大红花，李有才挺起胸脯，大红花于是松松垮垮地在他胸前上下乱窜。李有才握紧支书的手，一年太短了，太短了，李有才含着泪水说。支书说全村群众感谢你，为我们送来致富的门路。李有才抱拳举过头顶，泪水簌簌掉下来，爬上突突响的手扶拖拉机。李有才爬拖斗的动作，看起来很像蜘蛛转过某个墙角。

乡村的日子浸透在湿漉漉的雨季中，雾霭和流岚将它推到群山一个不起眼的角落。乡村一片灰蒙，偶尔有女孩的红衬衫在风中飘荡也是潮湿的沉坠着，见不到干燥后飘扬的景象。男人牵出休养了一个冬季而膘肥体硕的水牛，跳过爆满的河水去翻耕土地，竹鞭甩在牛背上的闷响彼此呼应。女人拖出木桶，倒下谷种，一遍一遍冲水洗涤，弯腰提水时，风撩起衣襟翻上去，露出结实的腰肢。葡萄对忙碌的日子而言，仅是一个饭后可有可无的话题了。

水稻耘过两遍之后天空开始放晴，水牛泡在河里尾巴扫出一圈圈涟漪，主人就在边上清洗犁耙农具，晾干了挂上墙准备夏收夏种。日子日渐闲散，人们重新又想起葡萄。自查的结果出人意料，每家每户都只见一截腐烂的黑棍，只有我家的长出硕大的叶片，藤蔓顺着以前种金瓜的架子向上爬，叶子绿油油的迎风招展，像胜利的旗帜。支书挤进围观的人群，沉默良久，最后总结说，都怪我们没福气，李有才走得太快了。

我们家在村人羡慕的眼光和赞扬声中度过了两年的时光，直到第三年葡萄长成黄豆大的一粒。阳光直射在一串串挂下来的葡萄上，光彩照人。人们仰视它，像点数着无价之宝。这天深夜，我们家响起胆怯又执着的敲门声，我的梦乡是那种青春期常有的无可告人的美妙境界，实在让我难舍难分，可是敲门声遥远的鼓点那样沉闷地撞击耳膜，美梦于是被截成指头长短的散乱，满天飞舞。父亲的鼾声戛然而止，这时我听到父亲的拖鞋声替里它拉地去开门。隔壁九婆说我小孙直哭，怎么也哄不住，就是要吃你家的葡萄。父亲有气无力地说，好吧，沮丧的腔调像刨土挖金窖，结果见到一堆屎。我去钩一串，父亲卸下挂墙的耘耙说。父亲拱上门往回走的脚步声显得有气无力。

在水沟边洗衣服的沉闷中午，九婆扭干最后一件麻色短衫，堆一竹篮里，甩甩手庄严地向她的同伴们宣告我家的葡萄是酸的。这是出人意料的消息，不知葡萄为何物的她们产生了浓厚的兴趣，纷纷站起来，右拳虚握绕到背后捶腰，左手搭在眉间挡住如柱的阳光反复观察。怎么看也不像酸的，她们说。好酸的，孕妇脸上却飞腾着喜悦的神色。

父亲抬头高举耘耙，在水沟旁跳来跳去的模样实在像某种杂技演员，每钩到一串都受到围观者的一阵喝彩。几天后，父亲的眼圈也乌黑了。父亲有睡前烫脚的习惯，有天晚上母亲端来一盆热水，父亲说等一下，好像有人。果然有敲门声，父亲匆匆套上力士鞋抓起耘耙就出门了。父亲后来到了风声鹤唳草木皆兵的地步，几次被饭厅那张年画深夜的响动惊醒。母亲见父亲日渐憔悴的神情忧心忡忡，轮流吧，她说。可是不行，因为只有父亲才具备高度的警惕性，因而只有他才能被敲门声惊醒。敲门声像春潮澎湃，扰乱了父亲浅显的睡眠。

简直是岂有此理莫名其妙，父亲说。母亲从厨房出来，神色紧张，不要发火不要生气，她在围裙上擦着手背劝告父亲。父亲终于找到一个可以宣泄的借口，愤怒地把耘耙扔在墙角说，我吃得太饱，啊？半天之内父亲就明白他不能发牢骚，必须任劳任怨。他问邻居借米箩遭到拒绝，邻居说，我吃得太饱啊？至此，父亲除了兢兢业业高举耘耙钩葡萄什么脾气也没有，大不了老牛似的唉声叹气。

伴随着葡萄的成熟是夏收夏种的农忙季节。多变的气候交错着烈日当空成暴风骤雨。闷热的风波动稻浪，传送稻谷成熟的气息以及泥土翻耕的香味，稻穗的锋芒在空中飞舞，飘落每一个人脖颈及腰际，让人燥热烦闷。妇女在晒坪翻动谷子，风撩起她的衣襟，同时把她对烈日的咒骂传到村庄的每一个角落。

父亲在烈日下沿着田埂奔跑如飞，阳光把他的影子缩成一团踩在他脚下一跳一跳窜过来，草帽被吹到后背，一下一下拍击他的肩膀。我正在踩打谷机挥汗如雨，机械巨大的轰鸣掩盖了父亲的呼喊。我连忙停机，父亲已跑到跟前。我们赶快回家，父亲上气不接下气说。父亲拉我到葡萄架下，指着头上说，看住它，就踅身回家去了。我抬头观察许久，才看清葡萄仅剩一串了，不由悲从中来。我摸出裤袋一支皱巴巴的烟点着，烟已被汗湿了一边，拼命吸一口就有一种变质的苦涩。坐在一块硕大的石头上，看看枝繁叶茂的葡萄就剩孤零零的一串，忍不住想哭。这时父亲拎着一个铁笼一把钳子一圈铁丝出来。他叫我回去搬楼梯，我明白了大半。我扶正楼梯，抬头看父亲在头顶忙碌，风鼓起他的裤管，腿上半干不湿的泥巴微微颤动。终于看清楚那只铁笼子是装老鼠的，父亲正用它套在孤独的那串葡萄上，绕上铁丝，用钳子固定木梁上。我忍俊不禁，笑出声来。不许笑！父亲大声吆喝，钳子砸了下来，险些敲扁我的脚指头。

那串葡萄就这样在铁笼中自由又安全地生长成熟，微风徐来，绿叶婆娑葡萄摇曳，像钟摆那样撞击铁笼子，发出柔软的轻响。农忙季节过去了，村人伸直懒腰打着呵欠重又想起葡萄，第一个看到的人笑得差点一头栽在水沟里。他们奔走相告，成群结队来观看，仿佛铁笼里关着一只猴子什么的。我家的一串葡萄迅速成为一个笑柄和茶余饭后的谈资。同时也成为一处风景，家家的客人都带来观看一番。在人们的哂笑声中，父亲的日子却过得黯淡无光。我整天躲在闷热烦躁的木板阁楼上读《三国演义》，不怀好意的笑声还是像挥之不去的绿头苍蝇破窗而入连绵不绝于耳。母亲也不敢大声说话，贴紧墙根进进出出。

跟大家一样兴奋的只有不谙世事的弟妹了。

这一天黄昏，有两件史无前例的事轰动全村，把气氛推到比过大年还要热闹的程度。一是晚上要放映一场打架的电影（村里人不会用武打这个词），据说是讲一个和尚救皇帝的故事，和尚、皇帝，都是以前从没在电影中出现过的，多么激动人心呵。再说以往看的战斗片《地雷战》《地道战》《南征北战》《平原作战》都用枪打，而这次用手脚打，啧啧，好看。第二是我家的葡萄熟了，要摘下来，晚上拿电影场去卖。

父亲这下不仅带钳子，也带了剪刀爬上我扶稳的楼梯。四周高高低低地围满了男女老少，他们张着嘴鸦雀无声看我父亲哆哆嗦嗦往上爬。父亲毕竟没有玩过杂技，缺乏一种临阵不乱临危不惧的胆识，在众人面前有些怯场，显得犹豫不决动作僵硬。他身体前倾紧贴楼梯，空出两手首先剪断铁丝，左手托笼子，右手持刀喳的一声剪断藤梗，葡萄一声闷响落在笼中，周围噢的齐声惊叹，好像看到魔术师拐弯抹角比画半天终于变出一只意想不到的鸭子。父亲托塔李天王那样托着铁笼子神气活现，趾高气扬从人缝中穿过去，浩浩荡荡的队伍紧随其后，看上去无疑是迎接凯旋的战斗英雄或劳动模范。父亲一进门叭地关紧了，堵在门外的人们议论纷纷，失望、愤慨什么都有。

电影开映之前，大队支书要讲一通关于大面积种植油菜的动员报告。支书是很懂幽默的，去年的这个时候他也讲过一次，他说，灯盏糕好吃吗，好吃，多香呀。灯盏糕是怎么来的？油炸出来的，所以呀，我们要多种油菜。放映员在喇叭里大声喧布，大家不要讲话了，邹书记要讲话。连说了三遍收效甚微。观众里三层外三层围着我父亲和铁笼里的葡萄挤来挤去，手电光柱乱晃，就是没人买，谁都知道买了吃不上一粒，而掏钱的是自己。

放映员灵一动，走过来挤进人群，扔一把毛票在铁笼里抓起葡萄就走。人群哄地散开来。放映员摘一粒丢进嘴，打开放机器的大木箱叭的一下，葡萄已锁在里头。父亲借着放映机的微光点数毛票，等他点清是三块七毛四分时，支书早已讲完油菜，喇叭里唱起动人的牧羊曲。

又到了种金瓜的季节，父亲持刀砍了葡萄。砍了葡萄的这一年工作队员李有才又来了，这次的李有才不同于几年前的李有才，因为工作队的称呼不一样。那天父亲在摘金瓜，我们种这种老祖宗种的东西十分有经验，每一个都长得圆鼓硕大。父亲和我一人怀抱一个摇晃晃走回家，迎面碰上比从前又空荡许多的李有才。李有才老远就伸手说你好你好。父亲腾不出手来握，尴尬地说工作队好工作队好。李有才说，葡萄好吃吗？我看到父亲被这个猝不及防的问题吓得往后一仰，听到他喉咙发出口水下咽的巨响。父亲怀抱硕大无比的金光灿烂的金瓜缓缓转身问我：

葡萄好吃吗？

原载《福建文学》1995年第3期

悲伤的心所在的地方

竹是在一个寒风凛冽的早晨离开海源的。竹背负巨大的旅行袋蹑手蹑脚走出中学校门，忍不住回头仰望自家的窗口，心想就要和住在黑洞洞的里边的父母告别。竹捂住嘴说，我走了，妈妈，瞬间热泪盈眶。竹倾听咯吱咯吱的踩雪声，风飘起她白色围巾长长的下摆，走到汽车站已是两肩霜花了。

竹钻进中巴，在最角落靠窗坐好，玻璃毛茸茸的，竹提起袖口擦亮一小块，车站广场喧闹的场面清晰了，竹的头脑随之清晰。背着父母出走，他们一定会伤心，竹甚至有一丝后悔，想到在父母身边的亲情，眼睛又模糊了。

竹本来不想离开海源的，大均实在讨厌。竹每次抱回一堆作业簿，都握拳捶打它，甩头说气死了气死了，我不教了，宁可去讨饭。妈妈肯定推开她房门诉苦，种谷防饥养子防老，她说，你们这些没良心的。说着说着就哭了，竹不想伤她心，妈妈心脏不好，病退后整天操家务不容易。为什么不把康留在身边，偏要留我？竹拧开笔套批改作业，她知道吵起来要遭父亲训斥，康是男子汉，好男儿志在四方。父亲的道理总是对的，顶撞他徒增烦恼。

大均有什么不好？父亲的这个问题确实让竹无法回答。大均长得粗粗壮壮的，很健康的样子，穿汗衫、背心的时间总比别人多，情不自禁摆健美动作，侧脸欣赏自己鼓鼓囊囊的肌肉。大均的教务是很认真的，他两个班的数学成绩遥遥领先，现在是数学教研室主任。学生们都有些惧他，尽量绕道走。大均有什么不好呢？竹最看不惯的恰恰是父亲称赞为谦虚谨慎的那种东西，他聚精会神倾听父亲训话的时候，两手在胸前互相挤压指关节，发出咔啦咔啦的轻微脆响。竹从大均飘忽不定的眼神判断他根本没听进去，教导主任上调教育局，传说大均对此职务窥觑已久，竹总觉得大均对父亲的虔诚隔了一层什么，她皱皱眉头，心想假如父亲不是校长，大均会怎样呢？

政府投了一笔钱建"教师之家"公寓，因为近几年一中的高考成绩名列全省前茅，为领导很是挣了面子。其实是集资建房，一中用这笔钱比原计划加盖，以缓和僧多粥少的窘迫，不足部分要住户掏腰包。照说两万块钱不算贵，老师们还是被这个数字吓得瞠目结舌，也就没有出现以往你死我活的分房争夺，保持了知识分子的儒雅。

康充分发挥他的特区优势，一次性汇回一万元，把个严肃稳重的校长父亲乐得眉开眼笑。有这个一万垫底，父亲东拼西凑另一个万元就有信心了，竹发现父亲精神抖擞忙个不停，显然不是为公务。一中的住房问题成了每年人大、政协会议的固定提案，校长以身作则住最破烂的大院，厨房在大院另一边，每逢雨天，竹打伞端汤都觉得满了许多，喝起来免不了疑窦丛生。如此这般，很大程度上平息了老师们的怨气，并有理由相信问题迟早要解决的。

大均的三哥靠烧瓷砖烧出腰缠万贯，装了整拖拉机瓷砖送校长并免费贴好。虽然父亲坚持给了钱，竹还是认为欠了大均人情债。竹尽力干活，帮忙搬运、粉刷，累得白毛女似的头发花白面容憔悴。大多体力活还得靠大均一身健肉解决问题。父亲当竹的面夸大均，并强调能乔迁新居一靠大均出力二靠阿康出钱。竹嗤之以鼻，不好撕大均脸皮，只好把牢骚发在康身上。

竹说，你真以为阿康有多大本事？

父亲觉得竹思想意识有问题，是嫉妒弟弟。

竹脱下袖套扔墙角，气愤地说，我懂电脑会外语你不让我走，阿康有什么本事，读小中专还年年补考，社会主义蛀虫。

情况不一样，阿康是男子汉……

不想听不想听，竹跺跺脚走人，冲下每个拐角处堆满装修材料的新楼。

竹抱腿坐在操场边的斜坡上，头抵膝盖想心事，继续待海源只有嫁给大均一条路了，年龄渐大，连认识其他男孩子的勇气都没有。大均活得假，目的和手段都猥琐。竹抓一把沙土扔出去，不愿想大均的问题，脑子里就是抛不开。身后传来学生们带球的呼呼声和进球的欢呼，竹又想起叶芝的《我的书本去的地方》：

> 我所学到的所有言语，
>
> 我所写出的所有言语，
>
> 必然要展翅，不倦地飞行，
>
> 决不会在飞行中停一停，
>
> 一直飞到你悲伤的心所在的地方，
>
> 在夜色中向着你歌唱，
>
> 远方，河水正在流淌，
>
> 乌云密布，或是灿烂星光。

现在，不辞而别的教师越来越多了，他们发挥专长下海打工，校方稍有制裁措施又闻风而动争先恐后返校上几天课，再莫名其妙地消失。作为校长，对此不至于束手无策，但起码是尴尬的，一中人满为患，他们毕竟上缴了一些管理费，但总要强调敬业啦奉献啦什么的。竹深知父亲是不会同意她走的，连校长的女儿都跑了岂不乱套？再说如果会放她，当时就用不着捉刀代笔填志愿逼她报考师专了。竹不愿看到母亲捂住胸口喘息，所以欲言又止说不出口，只会捶打作业簿发脾气。

竹从小喜欢教师的职业，她看父亲每天头发梳得溜光，仰头结好风纪扣，将手帕叠成整洁的方块，清清爽爽挟着讲义去上课。竹想，这就是做教师的好处，她去同学家见他们在要害部门工作的父母红光满面额头流油就恶心。教师的日子才从容不迫，竹决心以后要为人师表，培养品学兼优的下一代。

特别是雨季的夜晚，父母各占一张桌备课或批改试卷，竹和康抵头趴着写作业，竹侧耳听雨一阵一阵撒过瓦楞，风在大院撺掇，偶尔有落叶击打玻璃窗的响动。汽笛和建筑工地的打夯声听起来非常遥远，闹市的喧哗就更不用说了，竹只听到邻居小男孩棒棒的笑声。竹不相信还有比学校更漂亮的地方，比大院更恬静的住所。弟弟康是个沉默的美少年，竹喜欢叉开五指插进他浓密的卷发里摇一摇，康就知道姐姐的作业写完了，催促他快写，好一起看《聪明的一休》。

高考时，同学们都死活不肯填师范类，竹就隐隐约约感觉到当老师可能不太好。父亲明察秋毫严肃地批评她，并说已经帮她填了，竹唉叹一声，勾着脑袋不说话，谁都可以理解为她默认了。

是什么时候改变了对中学的感情，竹自己也不明白。

集美学村的海涛一浪高过一浪拍打竹的心扉，她身心爽朗，每个关节都舒展开来，摆脱了女中学生顾影自怜的窠臼，任咸腻的海风吹拂骄傲的脸。

竹在女同学中不是特别漂亮，属于耐看的那种。夏季的傍晚，她们踩过曲折的石板路面，从师专漫步到鳌园，穿蓝白相间水手装和跳豆花半截裙的竹特别引人注目。她们在大理石雕像基座一排坐下，说欢喜的话题，看浪花围绕礁石。假期回到海源一中，竹恍若置身异邦，大院陈旧腐败，老师呆板学生拘束，到处没有弹性。竹心里笑自己忘本，就是挥不去笼罩的灰暗。

作为高中同班同学，水和火跟竹都没有太多的话讲，焦头烂额的时光谁管谁呢？他们好不容易相聚在厦门大学芙蓉四的某个宿舍时，竹激动得发抖，碍着水的同学就差没拥抱。那天喝了两瓶葡萄酒，脸蛋红扑扑的，竞相诉说分手后的经历，好像他们读高中时是多么铁，又分别了几十年似的。竹叽叽喳喳说个不停，不断挥手打断他们以保持她的连贯。水的同室没法午睡，趴床上欣赏竹，不时被逗乐。其中胆大的一个说，水这个老乡漂亮，可惜话太多，能矜持一点就完美无缺了。

竹皱皱鼻子倏地起立，拍打那男生的铁质床栏说，什么叫矜持？啊，这么迂腐，还大学生哩。大家又哄堂大笑。

火先提出要走了，他说请假时间已到，不回去班长会说新兵蛋子这么牛B。火在一个叫洪山柄的地方当兵，跟竹正好同路回去。水要送一件印有"厦门大学"字样的运动衫给竹，竹托掌上掂量一番。还是还给水，师专就师专，穿厦大别人要骂虚荣，她说，依依不舍的样子。火夺过来，当场脱下军装穿里边，我不怕，我们连队还有人穿"中国科学院"背心的，火神气地整理好着装扣上大盖帽。

后来火调到机关给首长开吉普，星期天就告假出来先到厦大捎水去集美学村或先到集美学村捎竹去厦大，玩了许多鲜为人知的有趣的地方，人山人海的南普陀、日光岩什么的是不想去第二次的。他们通常会逛逛何厝村的小街，买半斤八两老太太刚剔出的海蛎和若干个鸡蛋煎着吃，或者驱车半天，抱回一捆部队农场的甘蔗拼命啃。看看当兵的训练队列也很有意思。有什么看头，火说，别以为走走停停左转右转的，其实累死人。水参加过军训，颇有同感，竹也就枯燥了。有一点是一致的，都说厦门是个好地方，起码不用穿棉袄，竹最讨厌它了，只要愿意，厦门几乎可以一年四季穿裙子。

这种季节含混的日子像骑车下坡般快速惬意，他们只有回家乡海源度假才能感受严寒酷暑，提示自己又是匆匆一年。竹厌倦沉闷的中学有明显的言辞，想到要在这里虚度一生就心里发颤，她说。竹的父亲已是校长，最听不得歧视教师的言论，什么虚度？他气愤地反问竹，为了党的教育事业甘当园丁燃烧自己照亮别人是虚度吗？

竹意识到闯了祸，唯唯诺诺点头哈腰想蒙混过关，校长警惕起来，你别阳奉阴违，你吃了秤砣铁了心，教书是教定了。

火和水都如愿留在厦门，重提往事的信件使站在海源一中讲台上的竹不免心事重重。细致的学生注意到他们的英语老师经常长时间停顿，但绝不是在思考，因为都停顿在不需要思考的地方。

坐吉普车的首长转业在一家销售液化气的公司当经理，赚了钱买了辆日本产海拉克斯工具车潇洒兼送货上门，自然想到鞍前马后三年的火。火退伍后终于开上了进口车，昔日的首长今天的经理依然坐在他右边。

水读中文，读中文最不好分配了，再加上他没能力找关系，眼看同学的父母公费住下来在厦门拉网心寒得咬牙切齿。农民的儿子水痛下决心咬紧牙关考研究生，背诵《辞海·文学分册》晕倒楼梯口住校医院十天，火和竹闻讯来芙蓉四宿舍时，水已康复如初手持《新概念英语》念念有词。水缄口否认，声称绝无此事，竹见他同室都鬼鬼祟祟地笑估计有难言之隐，就不再追问。

现在，液化气公司驾驶员火和中文系研究生水分头写信给竹说由于忙碌，他们更少在一起，并且都说因为竹的缺席，厦门的日子充满忧郁情调，没有从前开怀了。火说，来吧，破海源有什么可待的？水则在信中预言竹"必然要展翅／不倦地飞行／决不会在飞行中停一停／一直飞到你悲伤的心所在的地方"。

他们的蛊惑之词不足以动摇竹为教育事业奉献终生的决心，重要的是状态。短短三年，时代的潮汐漫过海源的每个角落，高楼拔地而起，工地的尘埃弥漫小城，闲适的居民因而满脸倦怠。含情脉脉的海源荡然无存了，又闻不到沿海开放的舒心气息，海源真是个不伦不类的地方，竹擦拭家具厚厚的灰尘时都这么想。

元宵节期间，有关部门沿街悬挂塑料灯笼以示庆祝，竹不习惯这种大红灯笼高高挂的庸俗，说不清的别扭。海源这下像个大妓院了，街上慵懒的行人越看越像疲倦的嫖客。大均恶毒地说这句话时以为竹会生气，骂他粗鲁。竹大笑不止，称赞大均精彩，说是他讲的唯一有才华的话。

周围林立的高楼把居住一中的教师们挤压得浮躁不安，个别行踪诡秘的年轻老师匪夷所思地富起来，突兀买回的摩托车震得大院心慌意乱。深夜响起的电话铃声使人惊悚，长时间的通话调动了邻居的想象能力。校长的号召不再凝聚人心，显得苍白可笑，竹看到自信的父亲开始发愁。他忙于向企业拉赞助、向财政伸手、向教师集资，笔迹工整的讲义堆在角落积蓄尘埃。竹不喜欢父亲把对厂长媚笑的残余部分带回家来，病退在家的母亲也开始抱怨父亲一身酒气。酒气算什么，步履维艰的校长对她们说，不多吃不多占就是两袖清风的好干部。

竹闻到父亲身上一股平庸的汗臭，黯然伤神。少年时代的美丽家园梦境般离她而去，竹悲从中生，仰望浑浊的天空发呆，聆听海边的声音轻轻传来。等搬新家吧，竹对自己说，等父母安顿下来。

竹背负巨大的旅行袋从风雪连夜的海源走进厦大校园，额头和鼻尖冒一层汗珠，她解下白色围巾给脖子透气，正好用它拭汗扇风。

水知道竹要来，他正准备去图书馆，俯瞰长长阶梯下的竹还是一阵惊喜。水帮她抱旅行袋进南光五的房间，竹脱下外套，饿死了饿死了，竹说先吃饱，然后我睡觉，你该干什么还去干什么。

吃什么呢？

煎豆干。

水一贯服从竹的主见，锁上门领竹到游泳池边上的小摊吃煎豆干。两人围住一只平底锅，要了瓶红酒，侍女将豆干和条形咸果放在吱吱叫的锅中，竹很娴熟地用竹筷翻动。竹的脸蛋喝得通红，寒冷的海风吹在背上，可是胸前烤得发烫，他们什么也没说，竹狼吞虎咽嘴角流油。

傍晚，竹的睡梦被急促的敲门声惊醒，打开门见是火竹松了一口气，正想埋怨他小题大做，发现火身后还站了一个康。康看姐姐睡眼惺忪狼狈不堪的样子很不是滋味。你怎么知道？竹问弟弟。

火挂电话告我，康说，爸妈同意你出来？

怎么要他们同意，竹穿好旅游鞋腾跳几下，想出来就出来。

康抽本书翻翻，塞回书架，爸妈总要人照顾的，他说。

竹在叠被子，转过头脸色风云突变，什么话，孝顺父母是你当儿子的事，女大当嫁，我迟早是别人的老婆你懂不懂？你干吗不愿待爸妈身边，别以为出一万块就是孝敬，父母在不远游是针对你的懂不懂？

康脸红耳赤，推推眼镜嗫嚅说，我讲不过你，我会挂电话回去的。

叠完被子竹开始梳头，她手中的木梳敲桌沿呼呼响，讲不过我就闭嘴，教训起姐姐来了，哼。别过脸继续梳。

水拎着乱七八糟的菜回来，都来了，晚上好好聚一聚，他说。

火说，看你的架势是要大宴宾客喽。

本人虽是小小助教，一餐饭还是管得起的。

拉倒吧，就凭你那吱吱叫的小电炉？火说，兄弟掏腰包噢，绝对的好去处。

红色海拉克斯停在坡下的墙报栏边，竹伸出食指按按，一路带过去，车身上就留一条若隐若现的痕迹。不怎么样嘛，日本也生产这么笨的车？

火开了锁，拉开后门示意他们上车，别看它夯，越野性能忒好，适合中国道路。

鬼子做什么都认真，水说，不过我讨厌日本，活得那么累。

说话就到了校门，穿黑制服的门卫抬手拦车，火掏出军人外出证之类的玩意在他面前晃晃，大喝一声：军训的。不等门卫反应过来，火一点油门，车就跨了出去。

火吹着口哨把玩方向盘，一副老厦门的得意，如水的车流带响空气匆匆擦肩而过，三人坐看华灯初亮的街市想各自的心事。车子七弯八拐泊在一棵大榕树下，火锁好车领他们进一座低矮的平房，挂牌"月色"的小酒吧由带皮的木筒垒成，粗糙而富有情调。竹用劲弹指，呵着生痛的指尖总结说，是水泥的。火笑说，居然还有比日本车更笨的家伙。

一顿饭吃得竹眉开眼笑。音乐柔情似水，从不可知的方位传出，灯光暧昧，掩盖了彼此的表情。这道菜叫啤酒西柠醉肉蟹，火说，"月色"的拿手好戏。

酒足饭饱出来"月色"，已有深夜的寒意，大家争先恐后爬上车。火拍拍方向盘哑然失笑，这车没法开了。

怎么回事？

她住哪？我是说竹晚上睡哪。

这个问题难住了大家，康说住我那吧，我跟同事挤。水说还是睡我狗窝方便，房间虽小毕竟有阳台卫生间。不过，水说，不过两人同床习不习惯。

竹一蹦老高，你严肃点阿，谁跟你同床？

我是说阿丹呀，她最近一直那个……你跟她睡，我呢，铺盖捆到学生宿舍找位子。

明白了，你们是未婚同居，竹说，我说怎么床头有女人用品，呵呵，还以为你变态，呵呵呵。

没办法，水说，阿丹化学系毕业死活不肯回安徽，你们知道厦门这地方有房子的单位不是那么容易找的，反正迟早……

火沿原路往回开，大家就不再言语了。

阿丹是个看上去不错，细瞧很丑的女孩，水和竹正讨论明天找单位的事，阿丹见有同性愣了一下。水拽她出去走廊嘀咕，再进来阿丹就有了笑脸。水抱床被子走了。阿丹对竹关怀备至，竹总感到有种虚假的客套，阿丹的笑容不等脸完全后转就倏尔即逝，竹觉得她的侧面像某种动物，又细想不出哪个器官出了问题。阿丹把什么都斜视在眼里，并自以为是地表白，你真聪明，竹由衷地赞扬她说。不过还有后半句竹没说出口：可惜你缺乏智慧。竹为水要与这么次的女孩生活在一起感到悲凉。

第二天风和日丽，竹不懂阿丹是何时起床去上班的，竹仰头看晴空万里的天，来不及感叹就发现了停在宣传栏边的红车，火正边走边抛着钥匙拾阶而上。

就穿这样脏的球鞋？火说，哪里有女孩子的韵味？

又不是过大年，我是来求职的。竹说，对了，公司的车就让你随意逛？

火撩开衣摆说，这有call，老板有事自然会call我。

他们见呵欠连天抱被子的水都很纳闷，晚上不睡了？

另找地方吧，学生子思想解放，跟他们辩论到深夜你说累不累？水啼笑皆非，再说也寡不敌众。

厂家是火联系的，竹被云积厂大门外的求职者吓坏了，他们手持身份证目光呆滞，竹开始相信该厂是火所吹擂的高薪外资企业。认识火的一个人领他们进铁门上楼，在一间宽敞明亮的会议室，他们围坐高背沙发椅，认识火的那人说，老总准九点跟你们会面，就忙去了。他们开始东张西望，看半天才弄清光亮来自很隐秘的墙角凹槽，接着议论椭圆会议桌中间葳蕤的象草是真是假。

矮壮的老总一阵风进来时，水下意识地对了表，惊叹他的准时。认识火的那人跟着坐老总边上，他们才知道是翻译。南韩办的厂老总当然是韩国人，开始是由翻译把他的话转告他们，后来老总直接用英语，竹对答如流老总被竹流利的口语所惊诧。火的英语程度很差，但从老总欣喜的神情判断竹他是要定了。

老总要求竹当天就上班，他向翻译简要交待竹的工作就走了。竹要回厦大拿行李，翻译拍拍火的肩说，他会帮你送来的。

我兼销售部经理，你从今天起就在销售部供职，老总翻译对竹说，我姓白，以后叫老白就行了，都是中国人嘛。大家听说黑不溜秋的翻译居然姓白，都想笑。

那我住哪呢？

销售部资料库有个内室，可以住，反正是单身。黑老白说。

火和水很高兴，要参观竹的住处，被老白拦住，对不起，四楼工作区不能上去，再说竹小姐也没空，上午要起草一家报纸的广告词。你们看，都快十点了。

水这几天神采飞扬的样子阿丹很不舒服，老向学嘛，水说，在厦门找个事做不容易，值得高兴不是？水第一次发现阿丹吃醋的脸非常难看，嘴角很冷酷地裂向两腮。水用动作表现温情，阿丹僵硬挺拔拒不配合。

水研究王维，他的硕士论文题目外行读了都会笑：《论王维诗歌中宫廷酬唱和绝域风光的画意禅理与田园山水诗的入神描摹》。水打印了若干份散给至交，火看了封面就还他，要记下又长又臭的题目除非有五百块补贴，火说。无论如何，还是有值得吹嘘的地方，我导师是全国——当然也是全世界研究王维的权威，水对阿丹说，将来，不久的将来，导师耄耋，我就是权威。水满脸神往，阿丹却无动于衷。她希望水能考博士。

可是不设博士点啊？

那就报别的专业好了，阿丹掖好数完的钱说。

水的印象中阿丹总是在数钱，念念有词不断地数，虽然很不舒服但今天没讲，他挂念王维，他说王维怎么办？

博士才有套房，阿丹一声冷笑，小硕士猴年马月能熬到教授？

可是……阿丹拎起坤包出门，丢下水一人去"可是"。

按阿丹的"吃香"原则，水准备报考国际金融博士研究生，王维只好还给导师一人权威了。找来读的书火没有一本懂的，火说，确是眼睛一眨，老母鸡变鸭。当然，火不来厦大除了无话可说外，事出有因。

火其实相当自卑，虽说人在厦门上班，本质上还是"临时"。有什么办法，一个小当兵的一无后台二无学历，没回老家海源乡下修地球就不错了。

同年参军的战友回家种田不过三四年，再次邂逅已是判若两人。那天火驾车去车房过机回来，见会客室一个蓬头垢面的农民惶惑地坐环形沙发一角，面前摆几个鼓鼓囊囊的蛇皮化肥袋，他没在意，那人起立搓着骨节突出的手叫火时，他才辨认出是战友成才。成才看火大吃一惊的表情更加惶恐，这些香菇家里卖不动，运厦门来试试，好不容易找到你，帮打听打听，哪要，烤得不错的。成才说着就要开包，火制止了他，先别忙，我问问。

火强行让一家半官方进出口公司的哥们儿以照顾的价格把

香菇收购去，整整八袋居然不足两千块，而且卖了面子。成才喜在眉头笑在心，十多张"四老头"数了又数，不错不错，成才说，比乡政府收购站强多了，我涛你喝啤酒。

火说，你一年能栽培多少香菇？

就这些，成才得意地说，全村我最好。

无论火怎么挽留，成才执意要回家，没什么好玩的，当了这些年兵哪个角落没去过？而且，母猪这两天要下崽。火也就落个空头人情，他发现成才脖上一大块牛皮癣，担心再同床几天被传染。

自此，凡是有衣衫褴褛者来公司，大家便不容置疑地说，肯定是找火的。有次女会计大呼小叫把他从车库喊上办公室，原以为真有老家来人，不想是推销毛笔的哑巴。火在带空调的海拉克斯里头抓着方向盘贯穿闹市时，看车外街头装束土气的外地人额头烤乳猪似的流油，优越感情不自禁。

经理很器重火这个老部下，出出进进同甘共苦自不待言，一些不宜人知的事也让火去完成。比如给火一个包裹，交待他带到富山展览城铁门外，下午三时正会有税务局的弟兄来取。对此类事，火本着不该知道的不问的原则，从不向经理打听来龙去脉，更不至于背后拆开看。经理非常满意火在部队多年养成的严明纪律，前个礼拜天又吩咐火把车开到思明电影院，经理笑笑说，上午准八点会有人来带路。

火以为什么大事，泊好车后精神抖擞严阵以待，一个艳丽的女人过来敲挡风玻璃时还以为她认错人了。女人上车坐边上了火才看清她脸上不太平整的坑坑洼洼，但不影响她的妖艳动人。女人举止优雅，镇定地指挥，火将车开进百货大楼的停车场。火难以从这个女人联想到满脸马列的经理，一个个念头冒出来又被自己一个个否定。女人的事说简单也简单，无非是买了28英寸东芝大彩电、美国狮龙音响和意大利真皮沙发，要火帮忙拉回去。

莲坂一幢新楼下闲散着几个汉子，见车来了纷纷拢过来卸货。火不甘落后奋勇争先，搬运的过程中弄清了这批货的价格，火惊讶地想，这么多钱老家要粜多少谷子呢，火觉得自己农民意识，摇摇头摔掉这个想法，投入地欣赏女人的新居。火浮想联翩，担心幸福就像自己的后脑勺，摸一摸挺近的，恐怕一生都看不见了。

液化气销售公司有个招工指标，经理已经表态给火，关键的问题是，经理说，你没有当地户口，劳动局过不了关。经理同时暗示火可以先把户口搞进来，经理的操作方案盘根错节，涉及许多单位和掌权人物，火听得头晕眼花。全靠经理了，火选择了唯一能说的话。

拼命做事以赢得经理对自己的鼎力支持，这是火由衷的愿望。

竹call火的时候，火正在陪经理乡下来的姑丈爬日光岩。等下来回话，竹早就不耐烦了，我在公园对面call，公园里有个老太太卖糖葫芦，我心想等她卖了十串你还不回话我就走了。竹说，现在已卖到第九串了算你运气不错。

什么事这么急？

晚上请你吃饭。

还吃煎豆干？

开什么国际玩笑，本姑娘虽然请不起熊掌、燕窝，来一盘龙虾或者石斑鱼还是没问题的。我拍拍腰包你听听，是不是很响？

听到了听到了，的确很响。火说，请问小姐席设何处？是否送礼？

你一下班就过来拐我，咱们去老地方，"月色"多美好。

"月色"酒吧意境依然，区别在于竹，她已学会化妆，浓抹的口红和身上的密丝佛陀气味让火心里不适，衣着更随意了，随意中透出一股逼人的傲气。竹让火点菜，火当仁不让点了自己最喜欢的啤酒西柠醉肉蟹。竹要了两块蛋糕，涂上奶油色拉递给火一块，自己先咬一口，举杯跟他碰了说，祝我生日快乐怎么样？

火说怎么不早讲大家一块热闹热闹？

没这个必要，我每年生日请一个人，而且只请一个人。

几个月不见，就觉得恍若隔世，话题如盏中啤酒泡沫，一串一串往上冒。火谈到公司招工、户口等等，强调这些是今后谈情说爱的大前提。

竹的指缝夹着高脚酒杯举至齐眉，眯一只眼侧耳细听。乡巴佬，竹慢慢呷一口说，阿山你懂吗，宏运家用电器商场两百多万盘过来，一年净赚50万，这才叫闯海。竹搁下酒杯，双肘撑几伸长脖子瞪火说，什么破户口，买一套商品房就跟过来了，用不着当牛做马抬轿。火哪，你觉得心里头，竹指指自己的胸口说，痛快吗？

火无言以对，他不想对别人多诉苦，特别是女同学。竹的话让他想起经理的坏习惯：要加速，经理就拍他的肩膀，要停车就扯他衣服。这本没什么，火到河北出差，看农民就是这么赶骡子的，浑身不舒服，又不便明说，经理毕竟没有恶意。火强烈意识到自己所处的位置，自卑像苦涩的药汤，为了设想中的将来闭眼吞下肚。

火正在考虑是否提醒经理不要对他拍肩扯衣角，猛然发现竹的面颊流下泪珠，火惊讶地凝视她，等待。

竹把杯中的酒簸成波浪，她的事更说不清道不明，任由泪水流一流算了。

说黑老白不关照竹是不切实际的。他拿什么进打字室给竹时，总要坐她对面，在四通电脑的嗒嗒声中似乎无比陶醉。竹凭直觉知道他往哪里瞧，法国"都彭"防风打火机兹啦兹啦的，黑老白心烦气躁，无奈囿于办公室禁止吸烟的规定。这天的业务报表的确太多了，打完之后竹有种虚脱感，离下班剩20分钟还要草拟一份客户的合同书。

的确应该奖励你，销售部仅有两人时黑老白说，不过你知道加薪我没有决定权。

那怎么表彰我呢？竹揉眼伸腰，往资料库的内室走时随意地说。

黑老白说，笨人笨办法，请吃饭。

竹想膳厅也肯定没好菜丁，心里马上就答应下来，尽管显得犹豫不决的样子。我换双鞋吧，她说。

你这双船跟鞋就很漂亮嘛，他不失时机。

上班穿这种轻松，竹说，上街就不同了，你不懂，现在又流行杯跟鞋了。

黑老白的摩托车牛高马大，竹认得是川骑太子，但猜不出具体价格，凭着野狼似的吼声估计不会太低价。竹跨上有靠背的后坐，它行云流水般缓缓冲出去。

这家饭店内装修的豪华程度超出了竹的想象范围，相比之下，她以前去过的酒吧饭馆都是邋遢的乞丐。红衣服务生托两杯酒含笑摆好说，先生，你要的人头马·路易十三。黑老白补充说，鸦片战争时期酿造的。竹吓了一跳，嗅嗅不是特香，呷一口甚至有腌菜汤似的苦涩。

黑老白说，国产酒再名贵也像一团火，硬塞进喉咙；而法国名酒呢，泥鳅似的，张开嘴就自己下去了。

竹摇摇头，表示喝不出泥鳅味来。这么奢侈，其实没多大必要，竹说。

礼拜天带你逛悦华大酒店，玩玩保龄球，对照一下我们的贫穷有助于你解放思想。他说。这时红衣服务生端来一盘黑不啦叽的菜，报了个冗长的菜名。

服务生优雅而无声地走动，恰到好处地及时提供所需的东西，微笑像脖上的黄色领结那样以凝固的姿态奉献。食客们窃窃私语，谈论各自的问题，又不至于影响邻桌，竹首次对有钱人产生好感，起码不会庸俗地猜拳喊叫。只是灯光使摆设浮光掠影，交头接耳的都像有不可告人的交易。竹知道这是城市的优雅，不同于海源中学停滞的清静。

礼拜天，他们一到悦华大酒店就直奔球场，幸好还有一条保龄球道虚着。竹看黑老白煞有介事地挥挥臂摆开姿势：三指握球，右脚开步，走四步后，摆球出击。第一下击中九球，第二下击中十一球，赢得隔壁球道的阵阵喝彩。他让竹试试，竹如法炮制摆球，球根本没出去，险些砸到脚趾头，打了几个滚而已。

事情大多发生在晚上，他们也不例外。竹并不觉得好玩，眼花缭乱的，他想请她睡总统套房一定会彻夜不眠。他们回老地方吃晚饭，不过没喝人头马·路易十三，而是喝 X·O。

白兰地酒 Brandy 是葡萄酿造的蒸馏酒。盛产于欧洲，尤以法国干邑科涅克 Cognac 地区最为著名。黑老白说，法国政府于1909年5月1日通过了《酒法》，明令规定只有夏郎德省的科涅克镇，划定的562平方公里的土地上所产的白兰地酒，才能称为科涅克，其他地区所产的白兰地酒，无论质量如何高超，都不准称为科涅克。

你知道为什么这么顺口吗？黑老白滔滔不绝如数家珍：陈酿是密封在容积208到272升的橡木桶中。科涅克地区的小作坊，封存量有5200桶，大酒坊有20万桶。如果全部储存40年以上，那么夏郎德省将有一半土地被占为储酒场所。为此法国政府在酒法上又规定，用老龄、中龄、幼龄的白兰地进行勾兑。比如，他晃晃高脚杯说，条文规定，X·O 科涅克的勾兑，其幼龄不得小于5年半。V·S·O·P 的幼龄不得小于4年半。如果用4年龄勾兑的，产品只能算4年龄，不能称为 V·S·O·P。

黑老白一边吹嘘法国人的酒道，一边劝竹尝了一杯再一杯。国产酒一喝头就疼，太阳穴蹦蹦跳，而这酒是慢慢醉出来的，现在没感觉，24小时内还有迷醉感。麻醉得越久的东西越值钱，谁不想一醉不醒？人生嘛，及时行乐对不对？

黑老白顺其自然地从酒讲到行乐，可是竹已经醉眼蒙眬了，仿佛黑老白是在雾霭中遥远地向她打着空洞的手势。

坐上摩托，竹感到车在可怕地摇晃，她不得不紧紧抱住黑老白的腰，风在耳边打响流畅的呼哨。

充当竹闺房的资料库内室顿然无边地宽敞，躺沙发上的竹看悬挂在那根铁丝的细软飘飘荡荡，公然搔首弄姿出少女风情。黑老白无声地动作，整个过程从容不迫。

不！竹毅然推开他，皱眉想想，补充说，我不嫁你。

黑老白难听地卡卡卡笑，我老婆在深圳独当一面，很有钱，我不娶你。说完又放心地重新动作。

竹屈起膝盖顶向黑老白兴致勃勃的部位，他踉跄着后退，蹲下，汗珠爬满扭曲的脸。好在竹酒醉，只是轻轻那么一顶，黑老白还能躬身出门。

竹忧虑地等候他的报复，结果什么事也没出现。她明白了这里不是钩心斗角的行政单位，大家冲钱而来，老板面前人人平等。竹有一种莫名的压力，也许来自黑老白的凝视，也许来自"都彭"打火机沉闷的微响，也许是他经过她身边时稍有迟疑的脚步。竹没有根据说她受到骚扰，但的确有不适时时漂移。

你能感受到抑郁吗？竹对火说，就是那种只可意会不可言传的不舒服。也就是——心里不畅快的意思了。

那当然，火说，我从没有畅快过。

那你为什么不痛痛快快干一番呢？

火本来想说商女不知亡国恨，活到嘴边变成：走吧，找个时间跟水一起聚聚。

水枯槁的形容把他们惊呆了，水眼圈乌黑颧骨高耸，只鼻头还有些肉。研究王维的第二权威如今手捧《国际金融概论》如痴如醉，面对他们，水神思恍惚无所适从。

这是为什么呢？竹说。

什么为什么？水不解其意。

为什么要考博研？竹说，而且放弃爱好专长舍近求远？

水卸下眼镜掏手帕小心擦拭，为了爱情，水戴正眼镜坦白，阿丹说了，考不上博士就散伙。

他们面面相觑摇头叹息，火起身揉水瘦削的肩胛说，缺什么要帮忙吗？

水眨眨眼说，什么也不缺，就是，那个时间不够用。

明白了，往后少打扰就是，竹无限伤感，祝你好运，爱情事业两不误。

水度过了一段暗无天日的日子，脑袋强硬地塞进国与国之间货币的发行、流通和回笼，贷款的发放和收回，存款的存入和提取，汇兑的往来之类，这些经济活动的条文如异邦入侵，王维的诗情画意被挤到边缘的暗角。陌生的概念蝗虫般翩跹飞舞，纷繁无序，让他叹为观止。水想上帝造万物时并没有造钱，而一张印有图案的纸能转动人类这台庞大的机器，估计钱就是人最复杂的创造物了。一个对钱没有亲切感的人却要决心研究它，水在头昏脑涨中觉出几分荒唐。

阿丹收拾东西的时候面无表情平静如水，水几次制止都被她坚定地甩开，站边上束手无策，但无法将她此举与自己落榜相联系。我不明白你的意思，水说。

我有言在先，必须说话算数。

不可思议。

这时阿丹已把自己的什物全部分离出来，装成包扛肩上就走，到坡顶转头对急追出来的水说，你为什么不多考十分呢？

水被这句话钉住，看着阿丹的背影下阶梯，跨上一只鞋似的摩托车，这只大鞋如水中之船，无声地滑出去。阿丹搂紧男人的腰，长发立即飘起与身躯垂直。水还不认识这种叫"大绵羊"的摩托。

水独坐凌乱不堪的房间，盯住墙角一块神秘莫测的霉斑发呆，老半天才明白自己是以十分之差名落孙山了。水觉得全身的重量都降到脚底心，沉重不堪，眼睑有两行皮肤由炽热而冰凉。

水的卸担感大于失落感，他出一口长气，倒床上突然通体透明了无牵挂，四肢惬意地舒展，脑申空白如纸。抓起床头《货币的发行与流通》，想想这些王八蛋书可把我给害苦了，扬手掷向窗外，他清晰地感到它张开着拥抱几株野草。一根长头发奇怪地粘在指头，用劲也甩不掉，他划根火柴点着，紫色的小火苗迅速地往上蹿,阿丹遗留的身体气息成了一股焦煳的暗臭。

水的转变是始料不及的,大家以为他落榜之后会重整旗鼓来年再战或者重论王维诗歌,所以当他给某暴发户做家庭教师专教小皇帝背唐诗时,无不大失所望。

暴发户跟水说,狗日的大肚,赚钱肯定不如我,别看他这里投资那里办厂,全是借贷钱,拿别人屁股当脸皮有什么本事?老子就经营一家小饭馆,可白花花的几百万是自个的,腿伸直也折腾不完。算了,不跟你说钱的事,说了你也不懂。大肚的小王八蛋跟我小聪同岁,嗬,能背十二首唐诗,我一定要超过他。这样,咱们搞承包,你教会小聪一首诗一百块,照点,只要是唐诗,不论长短一分不缺。

水忍不住问,你跟大肚有仇?

小聪的爹哈哈笑,没有的事,他说,我们是初中同学,一直比着弄钱比了十多年不分高下,现在该比孩子了。

他打开一间房门,里面的情景使水惊讶:这是间足有30平方米的大房,铺猩红的地毯,各类玩具堆积如山。重要的是一个估计是保姆的姑娘趴地上让戴着仿清翎帽的小男孩往头上堆积木。过来喊老师,小男孩白了父亲一眼无动于衷。当爹的觉得没面子,嘿嘿笑,又大声喊几句,这下可惹恼了他,骂了一句大人气很足的话:

操你妈的,我没空。

　　暴发户没了脾气，拉水出来客厅说，你看你看，就这个鸟样，换了几家托儿所都送回来，出多少钱人家都不收，一首唐诗两百块，就这么定了。这兔崽子把骂人的才华拿来背诗多好。这时裤头上的大哥大蛤蟆似地咕咕叫了，他背过身打开说了一通色迷迷的话，系一只黑腰包肚皮上匆忙与水握别，我有急事先走了。

　　保姆头顶的积木终于倒了，小聪看水又进来，停止了打她耳光，从身后摸出玩具冲锋枪，猝不及防地敲了水的胯间一枪托。水疼得龇牙咧嘴，有大姑娘在又不好去揉。

　　几天之后水知道了两百块一首听起来诱人其实不好赚，叫小聪的男孩对水的苦口婆心根本就嗤之以鼻。小聪忙于欺负保姆，旁若无人不理他。水捡出王维最简单的《相思》，"红豆生国南／春来发几枝／愿君多采撷／此物最相思"四句，一个礼拜下来小聪居然不会一句。水想打退堂鼓时保姆告诉他一个好消息：小聪的爹去黑龙江了，一个月内肯定回不来。

　　水想起火说过的一句话：棍棒底下出英雄。一次他和竹去火所在的部队玩，操场散步到障碍高墙下，哇这么高，竹抬手臂比试说，真能越过去？不是能不能的问题，而是必须，班长握腰带站底下，过不了就抽，火说。水很吃惊，军阀作风没人管？学校军训可不这样。如果允许我揍，你马上就能过，火说，靠作思想工作，哼，恐怕到天亮你也不愿一试的，这叫棍棒底下出英雄。

这天晚上保姆煮了几个好菜，但没像往日赶着小聪恳求他吃饭。水事先说好，她只管煮饭洗衣服，其他事一律别管。小保姆有些不放心，我领八百块一月的，你别砸了我饭碗。

小聪，吃饭。水连喊两遍。小聪忙于拆解一辆玩具吉普，头都不愿抬。水对保姆说，行了，我们放心吃吧。饭后收拾完两人看电视，把小聪撇一边。《焦点访谈》刚开始小聪就在客厅喊，喂，我要吃饭。水一手按住有点坐不住的保姆遥控关了电视说，你叫谁？小聪又说，喂，我要吃饭。水说，这里只有老师和阿姨，没有"喂"。小聪只好改口，阿姨，我要吃饭。他叫阿姨非常生硬难听，保姆甚至哆嗦了一下。

水说，刚才为什么不吃？

刚才不饿。

不行，吃饭要定时定量，明天再吃吧。

小聪不愧是大款的后代，并没有被水吓倒，我打电话给爸。保姆噌地站起来，被扯住，你打好了，水说。

小聪踮起脚尖，麻利地取下挂墙上的话筒拨通他爹的手提，命令道，你马上回来，他们不给我饭吃。

水坐怀不乱，心想大不了我分文不取走人，黑龙江可不是随便能回来的，所以平静地等他挂完电话就关上门重新打开电视。已到了《神州风采》，介绍某处鲜为人知的美妙风光。隔壁开始打砸，水拨大音量暗自好笑，反正只有专供他玩乐的房间能进去，让他随便砸自己的玩具好了。接着是撕心裂肺的哭泣，水又拨大音量，可怜小保姆被吓得一愣一愣的坐立不安。

当一部举国瞩目又让人大倒胃口的冗长电视连续剧奏响主题歌的时候，小聪终于安静下来，水推门进去见他盘腿于一片狼藉中发呆。要吃饭吗？要。那好，先背一首诗。我不会背。这样吧，只要背四句，就吃饭。

水还是知道软硬兼施恩威并重的，向同宿舍学来的一套不懂时诧异懂时失望的小魔术全派上用场，道具简单，比如将镍币塞墙里又取出，也可以不用道具，比如将左手的食指拔到超过中指的长度。诸如此类，作为对背诗的奖励，乐得小家伙哇哇叫。水随便撕下一张纸，根据颜色和大小的不同，叠成鹅、船、车、炮或某种兽类，小聪还是聪明的，一学就会。水感慨万端，回忆自己自制玩具的童年，不知是从前创造玩具的儿童聪明还是今天使用玩具的儿童聪明。哪怕复杂到电子游戏机的老少咸宜的玩具，熟练之后并没有开发智力可言，任何一个小学生都能击败水，但他不信这些孩子的智商会更高。

最高兴的还是小保姆，不知比以前轻松了多少，这样还能赚八百块一月想起来都不踏实。

暴发户回家时，看到的情景使他目瞪口呆：保姆正被电视剧的爱情情节感动得热泪盈眶；另一间里，玩具摆设井然有序，水端坐着优雅地读报，旁边一杯热气腾腾的咖啡，他的宝贝儿子居然在埋头写作业。太离奇了，他简直不敢相信自己的眼睛。小聪抬头咬铅笔想问题的瞬间看到了他，扑过去抱住大腿，第一句话几乎让他激动得晕倒，小聪说，爸，你吃饭了吗？

水看到了这一幕，推推眼镜面露喜悦之色。老板，咱们结账吧，水说，小聪，给你爸背诗。

背哪一首呢，老师？

统统，会的全背，连题目、作者。

小聪一口气背了二十首，包括较长的《积雨辋川庄作》都能背。他爹高兴地抱儿子上腿，拉开腰包甩了一沓钱给水，别找了。

水接过一把"四老头"，按每首二百元数了四千元，余下的还给老板，他不接，水就撂桌上。

水卷好自带的书报夹腋下出门，小聪意识到什么，死死攥住他的衣角放声大哭。水转身蹲下，拍拍小聪抽搐的脸蛋说，明天去上学，好孩子都要上学，听阿姨话，啊。

水下楼站路边看着灯火阑珊的街市，楼上传来孩子抑制的哭泣，想到心醉神迷于宫廷酬唱和绝域风光的古人王维、为研究王维付出毕生精力才华的导师以及亘古未变的人永远的孤独不禁潸然泪下。

水一炮打响，暴发户们竞相聘他任教，以至到了投标争夺的地步。竹再次去厦大时，水正在埋头操练小霸王五笔打字，添置了沙发、落地音响和冰箱，书被挤到不起眼的角落，看上去已经跟"股民"的卧室差不多了。喝点什么？冰箱里自拿，水说，现在孩子都学这个，自己不练熟不行。

竹拉了瓶水蜜桃汁仰脖灌一口说，为阿丹这样的女人堕落，不值。

水扭头问，为钱堕落值不值？我指你和我。

竹无言以对，沉默良久，竹正色道，你还是有前途的，我不一样。

什么前途？水说，你是说有教书的前途还是说教书有前途，你好歹教过书还不懂？你有道理跟火说去，他当兵出身思想过硬有共同语言。

我找不到他，火近来忙于……

水抬腕看表，打断她说，我也很忙，你看时间又到了。竹无可奈何。只能跟气派地拎密码箱的水出门。

竹不明白结局怎么会和最初的愿望南辕北辙，她几次去烟草公司，阿康的脸上或多或少都要挂白纸条，他和同事对麻将的陶醉如同对自己单位的满足。奖金不说，连单身汉都拥有套房，也算对得起社会上关于烟草部门阔绰的传说。竹搞不懂他们凭什么志得意满，关系硬或者命好不行吗？美少年康成了庸俗的小职员，正是因为占优势。跟火艰辛背后的自卑、水忙碌之中的绝望比，竹没有理由不认为阿康是平庸之辈。实际上，竹心酸地想，大家都很孤单，彼此并没有携手。

火的招工问题似乎十拿九稳了，体检、填表什么的，就等劳动局最后审批。经理在部队是以"护窝"闻名的，用他的说法"人在阵地在"，因此在他手下做事只管拼命干就行了，所有个人问题他都烂熟于心，且自有安排。经理发扬光荣传统，火的招工一事由于火的户口不在厦门，他几乎动用了全部老关系，就差没给人下跪。

火是被横蛮的敲门声惊醒的，他穿短裤背心去开门，是两个警察。火当兵多年，对大盖帽没有敬悚感，反而有些亲切。你们经理去哪里了？一个警察问。

在家吧，火说，昨晚还搓麻将，他家住虎园路……另一个警察说，我们去过了，空无一人，有潜逃的迹象。

火大吃一惊，不可能，我们经理不贪污不受贿，平时多吃几顿用不着潜逃。

罗音犯有泄漏国家机密罪，我们正在通缉她，你们经理跟此案有牵连。

罗音是谁？

根据我们掌握的情况，她非法所得购买的东芝彩电、美国狮龙音响、意大利真皮沙发就是你帮她拉回非法所得购买的新房的。你还是跟我们走一趟，配合一下。

火看到他插手腰部，估计是摸手铐，知道是在劫难逃了。好吧，允许我穿戴着装。

黑暗的收审室激发了火的冥想，一无所有才认识到一切的徒劳，火悲伤的心不知该往何处。

警方确认此案与火无涉，已是三天之后。火走在炽热的阳光下，惊惧地看清飘飞的尘土，他觉得自己是无根的一粒，随风飘荡无家可归。无数陌生的脸孔擦肩而过，使他强烈地意识到这是别人的城市。他给竹挂了个约会的电话，然后与许多老人一道，成排坐在影剧院门前的台阶上晒太阳，与老人一道静默无语各怀心事。

他们无论如何寻找不到"月色"，在他们确定的酒吧位置挖了硕大的深坑，一个老人折腾突突响的抽水机往外喷水。老人家，月色酒吧哪去了？竹问。

拆了。

拆了干吗？

盖厕所。老人事不关己地说。

竹的胃一阵痉挛，干呕几声食欲全无。算了，散散步吧，她说。

暮色四合中他们不知不觉走进厦大，水的房门紧闭，肯定又传诗创汇去了。他们坐在南光五前面的台阶上，青春年少的男女学生迤逦出入，他们顿时感觉心身苍老。该说的都说了，火认为已无路可走，回海源老家势在必行。

竹说火是典型的农民，除了种田就知道进城吃皇粮，都什么年代了，抱老皇历不放。夜色湮没了竹溢于言表的失望之情。

竹本想从火这里得到鼓励的。大均给她来了一封长信。回顾往事叙述旧情，末了告诉她他要结婚了，就是本校追了他很久的小诗。竹怅然若失，大均对她的执着历历在目，爱与被爱都稍纵即逝，她不知道还能不能拥有下一次机会。她想起大均默默忍受她发脾气的情景，看窗外如织的人流，还有谁会听她满腹的牢骚呢？时光之水洗涤了厌恶的表面附着，显示出大均的爱心。竹看着窗外泪流满腮，是啊，大均有什么不好呢？竹有一股飞翔的冲动，不得不紧紧拽住窗框，理智告诉她不能往下跳。

翌日，火无精打采去公司看看，会议室里热闹非凡，燃料总公司的头们正在主持液化气公司承包招标。火坐角落边抽烟，从同事的众说纷纭中得知大家兴趣不大，到处是私营的小公司，标底又这么高，恐难以为继。一片沉默中火踩灭烟蒂举起右手。

总公司领导要求火立即发表施政演说，大家没想到平时不吭不气的小司机居然也能头头是道地说上一通。大意是说他虽然没有领导经验，但长年累月为经理开车对公司的业务了如指掌；公司的问题在于不是挖潜力服务到位，而是想方设法通过不同渠道制约个体经营……

有人站起来指出火不过是临时工，没有资格承包。火没有惊慌失措，他眼睛的余光注意到总公司的头们在交头接耳，然后人事科长大声宣布，火的招工问题总公司会负责解决。

火心里感谢部队生活，锻炼了他的意志与口才，面对同事和领导的掌声，火百感交集，体会到昨晚竹对他心灵的控告是多么的切中要害。

旦夕祸福动魄惊心，火千言万语无处说起。火的第一个愿望就是找竹谈谈，关于昨天和今天，关于悲伤的心所在的地方。火驾着海拉克斯，不断分开掠过的街景熟视无睹，火感到路面还是那么平坦，骑楼还是那么亲切。

就在他昨天晒太阳的影剧院门前台阶，火意外地发现水坐着那个位置。火稳住车子，探头大呼小叫，半睡眠状态的老人们投来惊奇或埋怨的目光，火说，你快过来吧，这里不能停车。

水晃晃荡荡朝车走，猛然意识到腋下挟着一摞纸，水随手一扬，纸在风中散开，火看到它们苍白无力，估计是给孩子们的教案。一个袖戴红箍的肥胖妇人扭过来说，乱扔纸屑罚款一元。火一点油门车就窜了，把妇人的责备甩开。水伸长两臂绕过后脑抱紧靠背顶端，腆一张臭脸，火自知不便询问，只自言自语说，我们去找竹。

水知遭自己的愤怒是迟早要爆发的，只是没想到这么快。这家户主说不出的难受，不叫他老师倒也罢了，家里来客人从不介绍，似乎他是男保姆。六一儿童节小学举行诗歌朗诵赛，户主开诚布公跟水说，若能让他孩子拿奖，按所得奖金的两倍奖励水。比赛结果榜上无名，户主整个星期没有好脸色。

问题出在上午，户主搓麻将三缺一，水自告奋勇凑数，户主揶揄说，50块一捆你输得起吗？硕士先生？一边一个的女人骚劲十足地大笑。水看到自尊心苍蝇似的被户主捻在指间，愤怒像浇到沸油的睡狗一窜老远。水夺门而出。

户主不识时务，跟出来说，按我们的口头协议，你必须辅导。

水继续下楼，不屑一顾。户主又喊，你还要钱吗？

室外滚滚红尘的气息使水头脑清醒，他想了一句恶毒的话，咬咬牙往回走，准备上楼送给自以为是的钱老板。

要找三脚的猫没有，家庭教师满街都是，他以为他是谁。里边传出的这句话打消了水敲门的勇气，把他挡回自己本来的那个位置。

"分野中峰变，阴晴众壑殊。欲投人处宿，隔水问樵夫。"

火听不懂这种文绉绉的话，便问什么意思？

水没有回答，接着说了一句火能听懂的话：

富贵于我就像左耳和右耳，似乎很近但永不相遇。

火忍不住一阵笑，笑完就到了竹所在的厂。恰好下班，工友们从侧边小铁门鱼贯而出，朝飘来肉香的膳厅拐进去，两人仔细分辨，望眼欲穿竟意外地看到黑老白跟康一块出来。

康见了他们第一句话就说，你们懂我姐去哪吗？

怎么了？

我妈心脏病又复发了，家里挂电话来说这回恐怕扛不住了，叫我和我姐回去。康说，现在才知道她昨天走了。

她去哪里？火这个问题是冲黑老白说的。

你问我我去问谁？莫明其妙。

康拿出一封信，这里有我姐的信，黑老白转的，看看再说。

火、水及阿康：

我们来厦门闯海是为了寻找价值，但是你们都违背了自己的初衷和诺言，有管理能力的只想招工当终身的司机，而做学问的居然为赚钱放弃学业。阿康呢，陶醉于几个奖金忘乎所以。但是

> 我所学到的所有言语，
>
> 我所写出的所有言语，
>
> 必然要展翅，不倦地飞行，
>
> 决不会在飞行中停一停，
>
> 一直飞到你悲伤的心所在的地方，
>
> 在夜色中向着你歌唱，
>
> 远方，河水正在流淌，
>
> 乌云密布，或是灿烂星光。

　　读完短信，三颗凑紧的脑袋沮丧地散开，他们面面相觑不知所措。几辆集装箱大卡车轰隆隆辗过水泥路面，他们的心跟地皮一起哆嗦。夕阳西下，几朵黑云疾速地朝一个方向奔走。

　　红色海拉克斯奔跑如飞，你们去哪？火盯住前方路口将亮的红灯问他们。

　　我去火车站。

　　回厦大去吧，好久没备课了，王维已相当生疏。

　　风云突变，大雨倾盆而下，骤然而起的寒意塞进车子。火心想，送他们到各自要去的地方，我也该回去准备明天与总公司签订的承包合同了。

　　雨拨自信地来回扇动，雨水于是曲曲折折地让到一边，眼前的路面、景物、车流以及匆忙的行人看起来就清晰多了。

原载《海峡》1995年第6期

一个战友在北京

李永在信中慷慨陈词地说，老吴，忆往昔峥嵘岁月稠，我经常想起在南方并肩战斗的时光。有机会一定要回我的第二故乡——福建走一走看一看。久有凌云志重上井冈山……

梅读了这信一扔撇嘴说，什么玩意呀大领导似的。我说老李不错的，前几年跟元帅写过回忆录，出过报告文学集。梅没见过世面，听了元帅的大名脑袋像太阳落山的向日葵耷拉下去。

李永调北京后非常牛气，挂长途来开口就说北京总参谋部，找吴越。吓得胆小如鼠的女同事屁颠颠地楼上楼下窜来窜去找。也没太大事，只想告诉我他的宏伟计划：你知道举国上下热血沸腾申办奥运会吗？这是个大题材，准能一炮打响，让你们读了脑壳嗡的一声。题目我都定了，《中国人民如何直面9.23》，

《当代作品》用。五万字打住。告诉你吧老吴，我现在就差赛马兰奇没找着，托了几个哥们没拜访上……

这几年是越活越没想法了，有时甚至觉得熬个科长干干回家过年也能坐上桌。我想南方人的心思就像他的五官一样小巧。只有挂在门背后的军用水壶挎包猛然提醒我曾经有过慷慨激昂，然而宛若灰烬堆起的塔，经不起三五年的风吹雨淋就仅存一个圆圆的痕迹，联想到人生的句号之类的。我自惭形秽，觉得自己卑下猥琐，用老李的话说，你为什么放不下你那个破烂小县城呢？你不也是客家人吗，客家人应该永远在路上。来吧，到我们北方来，到中国的心脏首都北京来，干他个轰轰烈烈，把你的狗屁材料扔到太平洋去，扛起报告文学的大旗好好操几本像样的东西。

你就是吴越吧，我叫李永拜访你来了，一个陌生战士抬手挡住去路说。我正端脸盆穿大裤衩准备冲澡，迫于他炯炯目光的压力只好回房间蹬上裤头陪他坐。李永说《前线报》《故乡的小巷》《南方雨》我都看了，你抒情特地道，抒到人一身骨头松开来。但总的感觉没力度，像男人吃饱喝足了来捆大麻，没错就那意思：惬意，没劲！李永抬左腕乜一眼说，中午弄得太复杂是不必要的，打两食堂菜，红烧肉罐头，红葡萄酒就行了，我喝惯二锅头，但南方没有。去吧去吧，我翻翻你的书有没有价值。

我手脚并用弄回酒菜，来不及放下，李永就拍着一套文艺创作知识丛书愤慨地说，看这些书干什么？误人子弟呀同志。李永背手来回踱方步，眉头紧锁目光锐利满脸哲理，转身果断地挥手宣布：吃饭。

1985年百万裁军，李永和他所在的团并到我们团。报道员李永是骑一辆破单车来会师的，那辆车比萨斜塔似的看上去马上要完蛋，其实永远不会。我在聚精会神研读报纸，听到吴——越——的长啸，大门外李永扶稳断了脚衬的破单车，梧桐树斑驳的阴影落在他脸上明明灭灭。快来搬东西，累死了，李永说。

小赵也出来帮忙将单车靠在光洁的树干上。李永解开全部纽扣，踩着飘零的落叶拾阶而上，回转身往后捋衣摆双手叉腰迎风而立，书生意气挥斥方遒，李永说。

李永拨开我桌上书报什物，掏出稿纸左手抚额写将起来。把我东西鼓捣一下小赵，我赶个通讯报社逼急了，李永埋头说。小赵说吃饭了，吃了再写。不要跟我讲吃，我讨厌这个字，我以为工作才是最重要的，吃饭能吃出稿子吗？李永粗黑的圆珠笔沉重地敲打稿纸，噗噗的响声表达了他对我们好吃懒写的工作作风的无比愤怒。小赵说那我帮你收拾东西，李永极不耐烦：不要计较细节，大礼不辞小让。

报道组宿舍两人平静的生活被李永的勤奋所打破，彻夜通明的灯火照得我们神经衰弱，睡眠无论如何达不到甜蜜的梦乡，同时也激发了参谋长批评的热情：报道组难道就可以不遵守作息时间，你们是独立别动队？但明智的政治处主任私下对我们说，作息时间当然要遵守，可是小李的确在写作，任务完不成怎么向师里交账？主任是刚从招待所出来顺路拐进报道组说这番话的，说完一双油腻的手在小赵洁白的蚊帐上蹭蹭就走了。主任温暖人心的话语并没有流进李永重眉紧锁的心房，李永在一篇接一篇地炮制"本报讯"。

早晨，嘹亮的起床号摇摇晃晃撞击耳膜，我和小赵在李永如雷的鼾声中参加早操，回来操起光秃秃的扫帚打扫硕大的一层落叶，整个军营在晨曦中时钟一样运转。透过薄如乔莎的雾霭，干部战士的身影有一种来去匆匆的感觉，李永发出的鼾声很不和谐地与扫帚声纠缠在一起，听起来美妙绝伦，窗玻璃似乎也有轻微的颤动。小赵自觉地带回饭堂吃剩的两个馒头，给李永醒来后当早餐，来自安徽的穷小子实在不忍心自己的熟食面一包一包沦为李永腹中之物。李永饿了就要吃，逮什么吃什么，从不计较。

上北京，李永如是说。晚饭后交班前的这段时间，机关几乎倾巢而出，石板路踩过数不清的胶鞋和皮鞋，散步的军人被路边相思树切割成流动的段落，小赵向我诉说家乡的贫困，李永低头想心事，猛抬头就说了这句话，吓了我们一跳。后边有人说有病有病，肯定有毛病，不知讲谁，我回头看看特务连整天牛皮哄哄的那一伙，他们全都微笑看我。李永自言自语了一句什么又低头想心事。

李永在地方报纸上了几个大块，通讯《为了部队的建设》受到主任的拍肩表扬，《尼古丁原本是人名》《牙刷最先是块破布》也登在《解放军报》星期刊，举手投足间就有了虎落平川的味道。

我们部队驻守在妙不可言的海滨开放城市，那是一个记者比较愿意光顾的地方。司空见惯并不影响我们以火一样的热情欢迎军报史记者的到来。史记者是个干瘦的小老头，那时还没挂军衔，笔挺的呢料校服显得空空荡荡，史记者罩在校服里就像一把剑插进雨鞋里。史记者是什么时候来的我不得而知，李永领着他健步走进办公室，介绍说这是军报史记者史老师，副团职。史记者啪的先敬礼，把猝不及防的我和小赵吓得几乎晕倒。仓促中还的礼自己都觉得丢脸。

史记者目光忧郁地看我们，似有解不开的心头愁结。小赵抽屉里掏出半包皱不拉几的沉香烟，递上一支并点上。史记者眯眼狠狠吸一口，烟缕从唇齿间冒出，以优美的弧度又进鼻孔，两道白烟连接嘴鼻的绝技让我等目瞪口呆。李永双手比画出某种形状，布置我弄几个稿子给史记者带上北京，指派小赵买一些香蕉菠萝。史记者骨节粗大的黑手捻烟慢慢在缸沿拨弄起来，弥漫掌间的白色笼罩出文化人特有的韵味。史记者说，你们不必客气。

次日下模范连采访，李永为史记者关车门，然后自己也很有风度地摔门上车，丰田喷一股轻烟，一挺而出。李永声称，这码要弄报告文学《站在绿宝石上的军人》，出单行本。上北京，只要李永深怀这个目标，所有细节就能焕发出夺目的光彩。

海滨城市的夏天相对漫长，来不及感受秋凉就到冬天了。这年冬天李永告知我们他要调军区去，军区不是我的目的地，我要上北京，李永说。打点行装时，李永慷慨地送一把小铜锁给小赵，金黄的光泽让小赵爱不释手。鼓囊的旅行袋拉不上锁链，李永拖出一条毛背心摔手扔在我脸上，说送你了老吴。毛背心似乎是黄色，捏在手上有滑腻的感觉，我疑窦丛生，同时一阵恶心破胃而起。

三人用牙缸盛酒弹冠相庆，李永鼓励我们放弃柔弱的南方五年后在北京汇合。老吴，你们南方人不是南下的中原人吗？李永说，这么说来我们是老乡。我说什么朝代的事了，八竿子打不着。谁跟你拉关系，我是在强调种的退化，李永卷曲的指节敲击桌面，使他的话听起来豪情万丈。

小赵建议报道组买个东西赠他作纪念，李永很不耐烦地说，不要跟我提细节，北国风光千里冰封万里雪飘，你们南方人怎么这么奶油？

上北京。李永在军区工作期间的热情因此照耀而生机勃发。

冬季的军营总是显得紧张而忙乱，脸庞黝黑目光深沉的老兵卷起铺盖解甲归故里，一脸好奇的小白脸新兵就要到来。李永的电话像紧急的寒流窜来窜去：你立即组织几个搞好送老迎新的稿子电话告我，老吴呀，磨磨蹭蹭不是新闻。我按图索骥填空了三五个稿子电话报给李永，值班干事的白眼像玲珑剔透的卫生球。令人欣慰的是稿子毕竟出来了，尽管不像李永夸大其词的可以上头条，但白纸黑字铁证如山，赢得主任的拍肩表扬。主任宽厚的手掌飘飘忽忽地落在肩膀上，"好像一只蝴蝶飞进我的窗口"，富有温情的关怀，和主任的拍肩相比，值班干事的白眼算得了什么呢？

新兵巡视营房的眼神陌生而热烈，如刚出壳的雏燕满是惊奇。英模报告团就在他们热切的企盼中恰如其分地来了，李永的电话像报告团的影子，恰到好处地提前挂到。矮胖的小赵抱拳奔跑于报道组和办公楼之间，过于频繁的奔跑使他只有跑步的动作没有跑步的速度，我们也忘了是自己要采访还是李永要我们采访。先是摸清背景材料，组团成员情况；接着是日程安排；然后是会场特写，个人专访。以至于有人喊报道组长途电话就像听到紧急集合的命令一样让我们胆战心惊。李永说，难道让我们以这样的工作状况和精神面貌在北京汇合吗？

不知道哪一天突然面临退伍就像不知道哪一天突然变成老兵一样。我逐渐松懈下来，慢慢把工作交给小赵，由他带刚来的新兵炮制"本报讯"。常年没有来往的老乡们聚在一起，像失散多年的兄弟一样亲热。话题开始总结过去，一如老将军在怀旧，充满潮湿的霉味气息，与新兵阳光下的花朵一般的向往形成鲜明的对比。面对前途大家竞相沉默。李永根本不顾以什么方式切入北京的茫然，以前所未有的热情写来一封又一封长信，把我退伍回乡说成比盲人骑瞎马，夜半临深池更加危险的深渊。难道你愿意让青春和年华白白毁掉吗？李永痛苦地诘问。老乡们看了信哄堂大笑，他们认识李永，边写字边指间弹出小泥丸的人物实在让人难以忘怀。笑得前仰后合的老乡们说，那人简直是精神病，连精神病的话都信只能说明你也是精神病。活人能被尿憋死？他们说。

主任在一棵树底下找我谈话，他希望我能留下来等候时机。主任以一种很随意的站姿跟我说了很重要的话，他说，我不能担保你成功，但我担保自己会尽力。这时一片大叶子落在我的鼻梁上，瞬间有眼花缭乱之感，我说我要退伍。从来言简意赅的主任一声长叹，仰头望着与往日没什么区别的天空，抚摸一下我脑袋说，祝你好运。我眼瞅着带着我好运的背影渐渐走远，拍了拍自己的脑瓜，却怎么也想不起拒绝主任的理由。

当我踏上回家的列车时心情十分沮丧，车窗外忽明忽暗的灯光迅速掠过战友们熟睡的脸，那是时光之手抹平人生所有的跳荡。

如今，战友们的体形都有了明显的变化，有的胖得像市场上灌水的净鸭，有的瘦得像一片风干的腊肉。不论胖了瘦了，脸上一律洋溢出幸福的表情，胖的肯定搞到钱，拥有套房摩托车之类的；瘦的属于肯动脑筋的那类，掏出来的名片因此整齐地印了几行头衔。"战友战友亲如兄弟"，在一起喝点小酒谈天说地是免不了的。某人某天说在《新闻联播》上是什么杯报告文学大赛在什么礼堂发奖，李永双手高举奖杯春风得意的镜头一晃而过。于是又引发一次取笑李永的话题，李永浑身是劲的模样太可笑了，这不能怪我们。

顺便说一下梅是我一个男同事，外号"人精"，我们私下经常彻夜长谈怎么向社会捞一把，偶尔也谈严肃的话题：比如我们客家人的南迁史。很快发现这个话题太压抑，与我们的幸福生活不协调，不过还是偶尔谈及，用来表明我们不但聪明而且不俗。

原载《客家文学》1996年创刊号

阳光灿烂

　　打从结婚的那天起，黎静就没想过自己有终一日也要离婚，黎静愿意"真心真意过一生"。黎静不到三十岁就好像活了一百年，她心如止水，喧嚣的世界离她很遥远，烦透了惊惊乍乍的生活。黎静端坐在阳台一角，背影宛若一把大提琴摆在凳子上，她就这么凝视黄昏雾霭中的一片黑色瓦枫，身后是女儿在写作业，厨房里传来高压锅轻微的喷气声，黎静想，能这样过一辈子多好。

　　然而不能，丈夫王钢的话让她难以忍受。事实上王钢也没说什么，他就爱那么四仰八叉地背靠沙发高谈阔论：这种女人就应该叫她滚蛋，哥们凭什么要穿别人的破鞋？诸如此类。

　　黎静双手相叠在膝上微笑着听，偶尔起身为他们的茶杯续水，她知道丈夫喜欢谈男女关系，不好怎么制止。

王钢，你就不能少说两句吗。她说。

王钢更来劲了：怕什么，反正你经我验明正身，处女膜完好无损。

客人哄堂大笑。黎静满脸通红，进卧室轻轻关上房门。

王钢的脾气黎静是清楚的，明知了还嫁给他，可见她不会在这个问题上纠缠不休。她曾经考虑和风细雨地跟他摊牌，但显然行不通，王钢太注重女人的贞操了。事故发生在大三那年，黎静的端庄美丽与落落寡合在师大外语系是有目共睹的，优秀的女人就一定会遇到更优秀的对手，她不幸遇到了米助教。

米助教以矮短的身材和丑陋的面貌鸡立鹤群，这种先决条件使一般的女孩对他放心：你不可能来追我。黎静选修了米助教的《社会调查学》，她之所以迷恋这门与专业无关的学科，正如米助教所言，社会调查学是当今社会最重要又最容易被人忽略的交叉学科。米助教的小眼睛扑朔迷离，不管你从哪个方向看他，都似乎在盯你。往讲台那么一站，一点也不猥琐，而且会让人联想到一些五短身材的伟人。他讲课爱来回走动，从不正眼瞧学生，手中的粉笔也不板书，用来抛起又接住，内容从大人物的调查报告说到小老百姓对配偶外遇的追踪。听年过而立尚未婚娶的米助教讲课，总让情窦初开的女生升起一股怪异的感觉，同情佩服又不愿舍己为人，说她们百感交集也一点不过分。黎静就是她们中的一员，她甚至想，他如果英俊一点该多好呀，不，哪怕只要高出两厘米。

好了，这就是事故发生的根源。

要知道，这年头能让女孩子放心的男人可不多，米助教非常荣幸地成为其中的一员。黎静大三那年，米助教欲率领弟子们亲历社会调查的重大意义，果然振臂高呼应者云集，男男女女一堆不在话下。由于黎静等若干有姿色的女生加盟，许多自以为才华横溢英俊潇洒的男生更是摩拳擦掌跃跃欲试。黎静后来回忆，事故的发生几乎没有任何必然的因素，但就是发生了，她只能理解为天命不可违。

调查队伍低达偏远的某乡政府，米助教当乡长的同学难得见到这么多青春活力，激动得直搓手，年轻的表情好像又回到学生时代。

吃了大鱼大肉洗尘宴，跟当地少男少女联了欢，接下来该做的就是深入各村调查了。

米助教吩咐大伙自己组阁分组，大伙磨磨蹭蹭，乜眼扫黎静，都指望能把黎静组进自己的阁里。黎静肩着挎包站在台阶上眯眯笑，也看懂了他们的心思，我就跟米老师一组，她说。男同学立刻松了一口气，脸上露出与敌人同归于尽的满足，转过神来就地取材，抢先把身边的女孩给组了。

他们爬上运沙石的拖拉机，拖拉机将他们拖拉到寒畲村。

在米老师的指导下，黎静的选题是《农村食用菌的栽培与销售》，免不了要看几家香菇木耳之类的栽培大户，然后同党支书共进晚餐。党支书把这师徒两个混同于下乡采访的记者，搞了隆重的欢迎仪式：杀鸡宰鸭买豆腐，用心细细地煮。还弄出著名的小吃：寨畲捆板。

喝点小酒本也是情理之中，无奈党支书琢磨不透这一对男女的来头，总之来的都是客，都是来寨畲检查指导工作，喝出感情来百分之百错不了。于是伙同村长一鼓作气把这两个喝到酩酊方肯罢休。

所谓的村委会，就是与一座古老戏台遥相对应的三两间泥房，党支书领他们到那里，开了两个房门就踉踉跄跄自个打道回府。房间里有一股浓重的霉味和泥土气息。对黎静而言，睡觉必不可少的是枕头，恰恰踏破铁鞋无觅处。黎静顺理成章地想到过去隔壁米助教的房间看看。

米助教酒后势必口干舌燥，非喝些许开水无法入眠，此时正在经历上甘岭的煎熬。米助教见黎静的影子飘进来，找枕头对吧，他说。不，找开水，她说。两人不禁大笑，因为都说到了对方的心事。如是，米助教转身把门给关了也就水到渠成。这样还不足以酿成事故，因为黎静不但警醒自守而且没有任何心理准备，充其量跟米老师彻夜长谈。问题出在突然停电了，黎静发一声惊叫，惊叫不是因为停电，而是她的手同时被米助教抓住了。

黎静在亲历了这场惊雷春梦之后的冗长时光中，并没有一失足成千古恨的忏悔，只觉得有太多的偶然突发事件足以改变人生。首先是她跟米助教不存在爱情；其次是下乡调查并非有意为之；还有村委会前不巴村后不着店、酒壮色胆、停电等等，缺少中间的任何一环，事情都会有另一种结局。所以黎静无怨无悔。

翌日清晨，米助教早早散步归来，支书刚好来喊吃饭，黎静听米助教对支书说，她还在睡觉，没有半句多余的解释。在整个农村调查过程中，黎静留意观察米助教的反应，惊讶地发现他的神情跟此前没有任何区别，该做什么做什么。这样，黎静就无法揣测米助教从前的感情生活和他对其他女人的态度。

黎静仍然选修社会调查学，米助教仍然没有特别的表示，加之生理上一如既往，黎静甚至怀疑事情的真实性。但是，米助教使她成为真正的女人，这是不可言说的事实。黎静想，我应该忘记过去，就像抹掉一段错误的笔迹。前面说过，黎静的端庄美丽与落落寡合在师大外语系是有目共睹的。面对校园风起云涌的恋爱狂潮，百分之二成功率的调查结论让黎静头脑清醒，她断然拒绝所有男生的殷勤。认真完成学业当一名好教师是她由衷的愿望，腋下夹着厚书匆匆出入图书馆的女生黎静通常是课任老师号召同学们效仿的榜样。

　　《青春族》作为青年通俗读物，黎静也偶尔翻翻，用来消磨一些心思浩渺情绪飘荡的休闲时光。在一个烟雨蒙蒙的午间，黎静透过毛绒绒的玻璃，凝视硕大的树冠迎风摇摆，传来类似海浪般的呼啸。同室都不知去向，垂下的蚊帐随意飞舞，黎静不明白，她们怎么永远都是那么忙。黎静盘腿坐床上，茫然的叹息之后，随手抓过《青春族》来翻，立刻被一篇纪实文字迷住了。黎静觉得这个雨季的平凡午间简直具有划时代的意义，不由举目四望，判断确是无人识透她的隐秘，才放心地将刊物掖好。

　　这篇由《中原日报》记者采写的文章说，中原医大附属医院可为失身之女再造处女膜，且门庭若市。后有十几家医疗机构风起，至少为数百名未婚女青年施行了这一"救人以命，善莫大焉"的人道主义手术。文章称，"世有所求，人必有应"，十指全断尚可再接，心肝五脏也可替换，与之相比，再造处女实不过区区小技耳。文章分析，失身的姑娘们也未必心甘情愿花钱去买那份既羞人又痛苦的罪受，只缘于男人们有此一好，新娶还要看你是否正身，实属不得已而为之。文章强调，男人就是这样，宁要完美的虚假也不要有缺陷的真实，视自己风流为潇洒，而苛求女人的贞操，云云。

　　黎静激动万分，出来走廊眺望校园山光水色，世界为之温柔，不禁流下泪来。她不知道其他失身的女同学是否在意这篇文章，自己确是享受到了遥远期待从天而降的巨大幸福，宛如一心要改正错误的小女孩意外地找到了橡皮擦，那份惊喜是异乎寻常的。

这是黎静最后一个学年的寒假，她踏向了开往中原的列车，没有跟任何人透露行迹，权当是一次不期而遇的约会。中原医大附属医院辟出专科为来自五湖四海的慕名者服务，她们在窗口挂完号，便三五成群交头接耳，互相留地址，与人才市场的求职者无异。黎静受到鼓励，和她们欣逢盛世的喜悦之情相比，无地自容是显得多么的矫揉造作。黎静逐渐也昂首挺胸精神抖擞，恢复了往日的自信，开诚布公地讨论起安全期的问题。手术的简单程度出乎黎静的意料，比同学描述的双眼皮手术还要省事得多。医生说，不需要任何营养补给，手术的重要意义在于树立信心、展望未来。

黎静是教了两年书才开始谈恋爱的，她以教学严谨闻名全校，许多学生都提出要转到她的班上来，可以说这时她的事业已经有了相当的基础。黎静信奉"人生只有两件事：一是从业二是从偶"的教条，教书育人的工作不可能一蹴而就，来日方长慢慢努力就是了，于是选择好丈夫就成为她的重要课题。不过短短五年光阴，黎静在回忆当初为什么会选择王钢时，就恍若隔世了。社会上普遍认为，男人在女人面前最有魅力的是权力，其次是金钱，第三是男人本身，最后是才华。所以说，郎才女貌是过时的老黄历。黎静大不以为然，她觉得权力会丧失金钱会破产男人会苍老，而生活中需要太多的智慧，男人的机智使平庸的日子平添趣味。这么说来，黎静是看上了王钢的才气。

美术教师王钢是个摄影迷，拥有成套的摄影器材和几串会员理事一类的头衔。但他从不为别人照相，用他的话说，摄影是一门艺术，而照相是技术，有一台傻瓜机足以。王钢没课便背起相机、铁架和水壶，戴上破草帽，伏在草丛中一整天可能就为了拍蛱蝶起飞的瞬间。王钢靠微薄的作品稿酬和获奖奖金来维持成本开支，一幅几个学生围在病危的老师床前痛哭的彩照《来生还做孩子王》获全国大奖，居然拿了一万元的巨额奖金。同事们都垂涎三尺，满以为王钢要请客，不料他又买了一部相机，不够，还借了两千元。大家对王钢心灰意冷的同时，黎静却被他深深地感动了，黎静想，在世风日下人心不古的今天，还有谁对什么执着地追求呢？

直到女儿出生身材略显臃肿，王钢都未曾给黎静拍过一张美人照，这太过分了，黎静有亮丽的脸孔、柔软的腰肢，王钢这么高超的摄影技术是拿来干什么用的呢？同事无不为黎静抱不平，也大出黎静的意料，丈夫的聪明才智并没有给生活增添色彩，反而成了一种拖累。比如早出晚归，比如花钱像流水。这些都不重要，我们知道黎静并非世俗的女人，难处在于王钢的出口。王钢对社会对人生始终保持愤世嫉俗的激烈批评态度，尤其爱讲当今青年的性堕落。王钢对朋友说，这年头没一个娘们让我放心；王钢说，现在的女大学生有谁经得起检验？当然，我老婆除外；王钢说，我什么都能容忍，就是无法容忍老婆被别的男人抚摸……诸如此类，黎静脸上红一阵白一阵，王钢忽略不计，大不了劝她进去进去，跟你没关系。

王钢的话像梦魇的影子，时时跟踪黎静悠闲的岁月，如难以启齿的隐疾，长期忍耐而无处倾诉。关于米助教，关于中原医大附属医院，所有沉淀的记忆沉渣泛起，一幕幕浮现出来，由于时间的距离反而清晰如镜。要自己噩梦不再，除非王钢中止这种话题；要王钢中止话题，除非让他明白真相；一旦王钢明白真相，所能维续他们感情的原则就不复存在。这样，黎静自然而然就想到了离婚，我们不能假设不善言辞的黎静还会想出什么高招来。

黎静要和王钢离婚，这条爆炸性新闻一夜之间传遍了中学的每一个角落。责任心很强的领导、心怀叵测的同事轮番给黎静开导，做了大量的、耐心细致的说服工作，可惜对新闻背景一无所知，使他们的话听起来空洞无物，缺乏起码的针对性。好奇的看客围观半天无非是黎静抱住女儿流泪，除了她们唏嘘之声，也没有听到更多的实质性内容。王钢神色紧张，看样子是在做随时要杀人越货的准备，仇恨的目光逼人悚然。

这一对天造地设的夫妻要离婚，调动了每个知情者的想象力，人们众说纷纭莫衷一是，袖手旁观事态的发展。就像当年黎静的追求者纷纷碰壁一样，好心的说客无不败兴而归。黎静只重复一句话，王钢什么都好，但我一定要离婚。这句互相矛盾的话让人们面面相觑、莫名其妙。

他们终于走进了法院。法庭上，黎静表示她什么也不要；王钢表示，他也什么都不要，包括他视为命根子的高级相机都可以判给黎静。女儿一手牵父亲一手牵母亲，她说，我要爸爸也要妈妈，然后泣不成声。这种情形使见多识广的公正法官十分为难，旁听席上一片唏嘘。

没人在意法官的宣判，因为那一家三口已哭作一团。人们长吁短叹着鱼贯而出，感慨世界的变化之快超出了经验的积累。

王钢和黎静各牵着女儿的一只手最后步出法庭，刺目的阳光照得黎静睁不开眼，许久不能适应这个平庸又忙碌的世界。黎静的心情在灿烂的阳光下一览无余，身体是一种失去依托的轻飘。

王钢说，这到底是为什么？

黎静说，什么也不要再提了。

两人都在灿烂的阳光下流下泪来。

原载《热风》1998年第6期

樱花凋落

　　樱花自杀的时候，大家都不相信这是事实，因为樱花从来就是很乖的女孩子，但樱花确是自杀了。

　　大家都还没有意识到要过春节，樱花就回蹇畬。在布店里为顾客裁剪的母亲透过熙熙攘攘的人头，一眼就认出樱花飘柔的长发。樱花樱花你是回来过年吗？赶集的人们听不清她喊什么，但还是为手持剪刀奔跑的妇人让路。

　　我不是回来过年，我再也不去了。樱花洗过脸，立在椭圆的镜子前，将发梢绕到胸口慢慢梳理，平静地对母亲说，妈，你看，全部东西我都带回来了。

　　多好的广州，你不是说广州天天可以吃冰淇淋，不去上班怎么吃得上？

反正我不去了。樱花用湿毛巾的一角擦拭左襟的一块油渍，抬头说，冰淇淋我也不吃了。

那你怎么过日子呢？

不过日子了，樱花说，我跟你们说过很多很多次活着没意思，你们不相信，这次我真的不想活了。妈我不骗你。

妇人先是流下泪来，然后用剪刀往墙上捅，同时用额头使劲撞墙，我也不活了，妇人说，老天爷呀，我怎么会生这样一个女儿呢？

樱花的右手抚住母亲的额，让自己的掌给她撞。妈你别撞了，每次都把我的手撞肿还是要活下去，我是真的不想活，我都想了好多年了。

樱花这么一说，妇人撞得更使劲了。一下子就满头大汗，身子慢慢矮下去缩在墙角，哭诉转为绝望的号啕。

这时围观了许多人，樱花的爸爸也拎着算盘回家了。怎么了怎么了，他拨开人群问。

妈妈又撞墙了，樱花高举红肿的手说。男人看看墙角的额头，又瞧瞧女儿的手掌不知所措，抱紧算盘原地打转。

樱花的爸爸是个优秀的会计师，秃顶得厉害，额前仅有一缕一桥飞架南北，脑后的一圈也枯黄干瘦，同事们都说他聪明绝顶，不知是确实聪明了才绝顶还是因为绝顶给人以聪明的印象。只有这把巨大的算盘始终伴随着他，清朝真品，他说，山西的楠木，拨弄起来叭叭脆响，胡雪岩的手下还用过它哩。精明的会计师就是不明白幸福年代的女儿为什么不想活，除了唉声叹气，他真的一筹莫展。还有就是他算来算去无论如何都要亏本的小布店，老婆居然能赚到钱来供三个子女上学。会计师觉得世事如烟，许多事件的发生都超过了他的理解能力。他于是更加沉默了，深夜拨动算珠的声音传出了疲冗和间断。

　　樱花又开始新的一轮慵懒的生活，每一年的春节前后她都这样沉闷无语，除夕守夜的时候，两个弟弟都在电视机前手舞足蹈，只有她目光四散呆若木鸡。新年钟声敲响，弟弟出去燃放爆竹的同时，樱花总是捶打自己的双膝痛哭失声：我又长大一岁了，哦哦哦，真没意思呀，哦哦哦……今年的樱花不同于往年，连痛苦的表情都不见了，整天翻看彩照，托着腮帮子想着浩渺的心事。也不发脾气，叫她干什么她就干什么，像刚过门的小媳妇。

　　你为什么不生气呢？

　　我不想生气，樱花说，生气又有什么意思。

　　樱花的回答让母亲肝肠寸断，妇人决定采取措施，首先想到樱花快乐的表哥。表哥接到电话开着手扶拖拉机来迎樱花，表哥把挽着表妹上街当成一件乐事，同学朋友看到土不啦叽的拖拉机手居然还有这么漂亮的表妹，都十分惊讶。傍晚时分，妇人送他们出门，灌了两碗老酒的表哥拍着胸脯说，二姑你放心，她年年这样，让我来教导教导她。搬把椅子放斗里，叫樱花抱着行李倒坐。夜市的行人不少，拖拉机手撒开嗓门吆喝：让开让开，没刹的。行人果然怕没刹的车，纷纷让开。

表嫂特地弄了一盘鳝鱼给樱花准备晚饭，没有上表哥喜欢的猪头肉。表哥多次说，开拖拉机多好，运一趟十块钱，能赚多少赚多少，赚了钱就买猪头肉吃。樱花皱起眉结说，恶心死了，多脏哪。表哥说，不吃猪头肉开拖拉机也是很有意思的，天气好拉沙子拉石块，刮风下雨打扑克。

吃了晚饭，表哥不知从哪里抽出一根皱巴巴的领带，一边剔牙一边在手上盘来盘去。樱花说，为什么不挂在脖子上打呢？表哥吐掉牙签说，我一年到头才戴三两次领带，打好了再挂上去是一样的。晚上带你去跳舞，会一个同学，刚提拔的副局长，在单位有权批两百元以内的发票，相当有前途。樱花说，没兴趣认识谁，不过去哪里无所谓，反正都没意思。

重点大学高才生樱花的舞姿让副局长深深着迷，可惜始终不见她的笑脸。表哥很是焦虑，多次暗地里要樱花笑一笑。樱花于是很勉强地裂了一下嘴，露出糯米似的白牙，闪烁一股幽幽荧光。副局长倒吸一口凉气，不知是诧异还是欣喜。出来舞厅后，两人站在一棵只有三片叶子的树底下勾肩搭背交头接耳了许久，樱花仰脸望着月亮飞快地穿过云层发愣，听到表哥最后跟副局长说，你这边要火热些。

副局长因此一天几次电话，都是表哥去拉砖头的时候，副局长说：

你在干什么？

看看书和电视，随便，都是文化垃圾。

有什么感受？

刚才说过了。

这几天还干了些什么？

刚才说过了。

副局长不甘心，暗示樱花自己虽然局长戴副，但在社会上还是很有面子的。我什么事也不想做，你有事等我表哥回来跟他谈，樱花说，我在广州工作那么些年，只知道省委书记是谢非，别的官我都不认识。电话里就不再聒噪了。

你那表妹谁也高攀不上，真是个鬼见愁，副局长说，不过那模样确是一绝，可惜中国没有王子。

这几天落雨，寒风无孔不入，到处是湿漉漉的感觉，准备年货的油炸气息若隐若现，樱花的心情更加潮湿和晦暗。她不再看那些文化垃圾了，整天抱小霸王学习机哼哧哼哧地打，足不出户也就用不着梳妆打扮，披头散发的样子让人心酸。拖拉机在门外的路边淋雨，斗上的砖粉被冲洗得干干净净，显得趾高气扬。表哥除了去副局长家打扑克和猪头肉配酒，的确无事可干，猛然间想起该抖擞精神教导教导表妹了。

表哥抽了数支烟，搜肠刮肚说了一通人生的意义之类。樱花目光四散无言以对，食指一遍遍抚过小霸王键盘冰凉的外壳。表哥最后站起来拍胸脯说，你看我多快乐，无忧无虑，拉一趟十块钱……樱花轻声说，我又不会开拖拉机。

表嫂把啼笑皆非的表哥推出去，扶住樱花柔弱如风的双肩说，告诉我，是广州的地方让你失望呢还是广州的人让你失望？

樱花说，都有一点。

那好，是爱情不如意还是事业不如意？

樱花说，都有一点。

你表哥的意思是想通过副局长把你调回来，他虽然在官场上混，人还是不错的。

一想到嫁人我就头晕，樱花说，男人光知道要结婚，根本不会爱，看他们色迷迷的样子多恶心。

表嫂说，女大当嫁，总不能见了男人就恶心吧？你这个样子真让人担忧。

是你们要我活的，哦哦哦，我本来就不要活了，哦哦哦。樱花搂住键盘哭泣。樱花是什么时候从一个小鸟依人的儿童变成忧郁少女的，大家真的没有记忆了。高二那年的母亲节，樱花汇钱去外地邮购了一张带音乐的贺卡寄给母亲，母亲当着她的面将贺卡撕得粉碎。你以为我赚钱容易吗，卖布没日没夜的，妇人甩下一把一把的眼泪鼻涕哭诉。樱花被闹得匪夷所思，不就四块五钱吗。你还敢顶嘴，妇人扯过樱花的书包掼在地上，哭得更凶了，都怪我瞎了眼，嫁了个窝囊的废物。

樱花的心都被母亲哭悬了，她什么也不愿再说，目光固定在虚无的某处，身体整日是无精打采的曲折。樱花的脑海里成天飘舞贺卡的碎片，老师讲课只剩下空洞的手势，所有的话和粉尘在眼前飞扬，漫无目的。

此间发生了一件更严重的事，樱花最尊敬的英语老师和最要好的同学小米做出了让人难以启齿的勾当。英语老师是多么有魅力呀，说话字正腔圆目光炯炯手势有力，洁白的衬衫标准的领带，一点都看不出已过不惑之年。小米的羞涩是众所皆知的，每次上生理卫生都把头埋进臂弯里，只露出涨红的耳垂。他们居然会出事，樱花手心冒汗心尖发冷，居然不露蛛丝马迹，樱花空虚得像风筝的影子，时时觉得自己快要飘飞起来。整个校园都在议论他们的丑事，每一个白天的树荫下和夜晚的角落里，樱花随时都能听到对她好朋友小米的恶毒嘲笑。

小米父母来找校领导的情形使每个目击者为之动容，那时英语老师和小米都远走高飞杳无音讯了，小米父母双双跪在校长面前，恳求校长为他们作主。男的直管往地上磕头，大家都听到了响声，而且看到额上出现了血印；女的声泪俱下，我就这一个宝贝，连碗都没洗过，怎么会这样呢，他都可以当她的爹了。她间隔了许多断落，才把这句并不冗长的话说完。校长绕过去拦腰抱起磕头的男人，教导主任伸展两臂哄走了围观的学生。

樱花一夜之间成了嗜睡的姑娘，半睁半闭的眼神似乎不愿看到整个世界，偶尔被别人大声的话惊悚得一愣，眼里便露出警惕与仇恨。樱花的成绩一落千丈，她觉得写字的力气都没有了，天天用指甲刮着课桌的豁口，怀疑它是否真实地存在。樱花的爸爸停下繁重的账务，语重心长地劝樱花要努力学习，拨弄算珠的灵巧十指痛苦地绞在一起。由于年龄相仿，樱花从父亲烤卤猪似的秃顶想到英语老师浓密的黑发，闻到父亲的话中有一股隔夜旧饭的霉味。我会上大学的，干怎么事都比上大学累，不过，樱花说，班长我再也不当了。会计师吐出一口长气，伸直了腰，绞在一起的十指终于松开了。

填高考志愿的时候，樱花将表塞给父亲，会计师说，你自己的意见呢？樱花说，我没有意见，妈妈说考不上就卖布，我讨厌剪刀，就像讨厌算盘一样，我不卖布，所以要上大学。会计师填了两所名字响亮的重点，樱花满脸愁容，觉得难度太大，见父亲已经拧上了笔套，也就不再说什么了。

妇人开始奋力饲养鸡鸭，告诉邻居是为女儿上大学准备的。樱花每个星期天回家看它们日新月异地长大，觉得假如自己考不上，后果简直不堪设想。

樱花很给父母面子地接到录取通知书，妇人自己动手裁剪了两套在塞畲很洋在城市很土的衣服。樱花就穿着它，跟在肩扛大包的父亲身后坐汽车转火车走进大学校门。樱花像一只迷途的羔羊，随时可能消失在陌生城市的人流中，靠频频寻找会计师闪亮的脑袋才得以走完从车站到校园的漫长路程。

在喧嚣的大学校园，樱花的身影像一个短暂的梦境不为人知地飘来飘去，偶尔有志大才疏的男生为她亮丽的容颜所倾倒，但无不被她冷酷的神情拒于千里之外。樱花睡在最角落的下铺，课余时间总是披头散发地抱一本名称不详的书似看非看，有时垫一张稿纸细心地修剪指甲，剪完托起一抹卷曲的白色端详半天，然后再一口气吹散。这样沉默的女孩很难有热心的伙伴，同宿舍也就当她可有可无了。

同学们视为浪漫的暑假，樱花是哪里都不去的，她就这么随意地翻书或者修剪指甲。傍晚卷一期刊物先去买冰淇淋，然后贴墙蹀到湖畔，看满脸沧桑的老人撑竹排到湖心撒料喂养箱中的鱼，他冲她微笑时，樱花看见老人紧缩的皱纹向四周荡开，樱花于是满心喜悦地向老人招手致意。老人蹒跚走进木质小屋，一块以塑料布当玻璃的圆窗便柔和地亮起来，樱花卷起刊物，走回空旷的宿舍楼。樱花听到脚下陈旧的楼板依次响过，回廊终端一盏晦暗的孤灯了无生气，她用书敲敲脑袋，心中涌起一股烦躁的悲凉，摸不透是悲是喜。在一无所获的炎炎暑期，樱花爱上了冰淇淋，这种纸扎的使人平静而空洞的食物。

　　整四年的大学生活，搁谁身上都要发生几件难忘的故事，但樱花确是什么事也没有发生，只觉得莫名其妙地虚长了四岁，真是百无一用徒增烦恼。樱花偶然从路牌广告中得知，广州有一种别致的冰淇淋投入大规模生产，因此在同学们为毕业分配忙得焦头烂额的时候，樱花自己去人才市场随便选了一家独资企业，地址当然是在开放的炎热广州。会计师抑制不住由衷的兴奋，汗津津的额头在灯下晃来晃去，给女儿写了一封长信，说为了樱花的工作单位托关系走后门几乎到了踏破铁鞋无觅处的程度，没想到女儿棋高一着，得来全不费工夫。

　　盛夏季节，寨畲村民又看到会计师重点大学毕业的女儿在街头忧郁地漫步，樱花要去广州工作的消息不胫而走，于是有老者自豪地捏捏她的胳膊夸奖她的能干。樱花说，我讨厌这地方，想走远点，就这样。老者松开手，脸上换了大失所望的表情。我还喜欢广州的冰淇淋，樱花又说。

　　樱花离开寨畲的那天，坚决不要父亲送，更不要母亲土不土洋不洋的新衣服，会计师想借机去广州一游的打算终于成为泡影。樱花说，我不喜欢小题大做，背起行李就上路了。父母站在门口，眺望女儿的长发飘飘扬扬，无法判断樱花走向一个陌生城市的真实情绪。

　　樱花极少给家里写信，几个月往父亲单位打一次电话也是三言两语，当会计师问起她的工作生活情况时，樱花总是说：

就那样了。

广州成片的陈旧民房让樱花无比惊诧，她常常凭窗伫立，看手摇蒲扇围品工夫茶的市民发呆，一颗心像在天空盘旋的鸽子无处着落。这就是广州，樱花不知该埋怨谁，只是叹息，这就是传说中的广州。樱花在公司的工作不过是复印文稿收发信件起草货单，紧张而不忙乱，她觉得自己像风尘的糠秕，旋转地俯瞰涌动的人世。在城市这个硕大的人口容器里，樱花如同街头行人随口吹出的呼哨被人忽略。与诚的邂逅使樱花迅速向时间滑去的脚步有了稍稍的停顿，可惜这种稳定感影子般的短暂而虚拟。

诚在一家部门报纸编生活版，长相平庸到让人难以描述，在向樱花的经理拉广告时，十指相抵置于胸前的谈话姿态倒是别具一格，经理交待樱花具体跟诚落实广告事宜。诚是文化打工族中普通的一员，区别仅仅在于比别人有更多的幻想，这点很重要，因为樱花的生活永远圉于自己浩渺的心思。这时已是初冬季节，在樱花所住的这片低矮民居，混乱的铁线在寒风中夜以继日地呜呜呜响。诚踩着一层落叶，拉满夹克的拉链来找樱花讲故事。

我一定要有自己的居所，诚说，而且要在可安息的水边，每日推开窗门就能看到波光粼粼，然后放飞一双鸽子，让它们带回清脆的哨音。樱花扑闪睫毛，脸上现出动人的红晕，诚说，我就在这可安息的水边写作，再也不用为活着奔忙，写自己愿意写的东西。诚还说，我的妻子就安详地坐在身边，听我朗读散文的断落，或者为我弹奏一曲《母亲像月亮之光辉照耀》。樱花觉得诚在叙说一个被遗忘的梦境，不断给诚的高脚杯续上白开水，使诚能够保持话语的激昂，似乎话一停下来所有的美妙前景就会一笔勾销。

诚眼下是一台写字机器，他必需马不停蹄地给晚报和流行刊物撰写社会新闻才能交得起房租水费电费电话费，以及让存折上的数字稍有增长。诚是幻想型的耿直青年，这种人在小县城是注定要吃尽苦头的，小县城比较适合那些鸳鸯绣取从君看，要把金针度与人的小官迷，诚的愤而离职也是情理之中的事了。编辑们只对诚真假莫辨的热点追踪名人特写感兴趣，唯有樱花，这个落落寡合的伶俜少女能认真倾听他冗长的憧憬。他们是一对世俗的局外人，倒一杯白开水，话题像山谷间叶尖的露珠，通体透明一尘不染。樱花心里是从未有过的踏实，沉沦的盼望冉冉升起，几乎能听到自己喷然的心悸。直到诚在某个黄昏向她说：我们结婚吧！

樱花愣了许久，待明白诚的话时，立即就哭了。为什么要提结婚呢？樱花说，你明明知道我什么都没有准备好，我以为我们有爱情，没想到你就要结婚……

诚惊呆了，弄不懂一句情理之中的话怎么会导致樱花近于绝望的伤感。诚手足无措地看着樱花泪流满腮，不知用什么才能安慰她的语无伦次。诚以为是水到渠成的事，结果却是石破天惊，无奈的情形是可想而知的。

诚最后拍拍汗涔涔的额头说，我走了。樱花不置可否，继续抱头抽泣。

等诚的脚步声逐渐远去，樱花就掏出纸巾对镜擦拭眼睛。樱花爬到屋顶的平台，城市由马达打夯汽笛叫卖之类杂合而成的喧嚣声水一样淹没了她迎风的身影，樱花抬起头，天空中是飞速离去的滚滚乌云，樱花打了一个寒战，明白这个城市中唯一的朋友诚也是一去不复返。

樱花回公司结账，经理说，为什么要走呢小姐，我们从没有亏待你。

樱花说，我不想做了，不为什么。

经理说，诚很爱你，你走了他会伤心。

樱花说，他不是爱我，他是想跟我结婚。

经理纳闷了半天，终于放声大笑，想跟你结婚不正是说明他爱你吗？

樱花沉默了一下，涨红了脸说，你不知道的，我不跟你说。

经理笑得更欢了，我谈恋爱那年你还是单细胞液体状态，什么事我不懂？好好干吧丫头，别胡思乱想了。

樱花垂下眼帘，指甲在经理黑色办公桌上划来划去，抬头坚定地对经理说，我要回家。

经理疑惑地盯住她，没有看出一丝开玩笑的成分，终于一声长叹，在工资单挥笔签下大名。

樱花背负行李回到寒舍的时候，离春节还很遥远。表哥阳光灿烂般的快乐没能照亮她重眉紧锁的心房，樱花总是重复那句来自地狱的危言：反正我不想活了。言者平静如水，闻者寒彻骨髓。表嫂说，作孽作孽，快过大年了，多不吉利呀。

樱花说，说不说都一样，反正我不想活了。

快乐的表哥意识到问题的严重性，找出手摇发动拖拉机，机身还在随表哥的奋力一拱一拱，樱花就拎着她小巧的包裹上车斗了。

回家的第二天，樱花居然上街买了一双鞋子，并且剪了头发。当妈的一阵惊喜，好好准备过年，妈再给你做身新衣服。

我不是为过年，樱花说，我就剩最后五十块钱了，用完就算了，别的钱都给了弟弟，反正我不想活了，留着也没用。

寒冬的雨季来临了，天空飘飞着似雨非雪的棉絮，你看着是雪，落到地上就是一片水渍。这样的日子一直持续到除夕，所有的喜庆气氛都被沉闷压制着，使每个杀鸡宰鹅砍猪肉刷对联的忙碌身影有一股祭奠亡灵的阴森。

樱花是在雪雨交加的除夕之夜自杀的，那时，炮仗的轰鸣震耳欲聋，没人能觉察会计师与卖布妇人不同寻常的动静。

大家是在雨过天晴的新春佳节传闻樱花自杀的消息，大家不愿深谈此事，因为毕竟是不吉利的。再说也不太相信这是事实，樱花从来就是很乖的女孩子。

原载《伊犁河》2011年第1期